세상 모든 책들의 도서관

부디 우리가 서로에게
서로의 다음 페이지가 되기를.

〈지구가 끝날 때까지 일곱 페이지〉 중에서

세상 모든 책들의 도서관

초판 1쇄 발행 2020년 10월 30일
초판 2쇄 발행 2021년 07월 05일

글 남유하, 정해연, 문지혁, 정명섭, 전건우

편집장 천미진 | **편집** 이정미, 임수현, 민가진
디자인 한지혜, 강혜린 | **마케팅** 한소정 | **경영지원** 구혜지

펴낸이 한혁수 | **펴낸곳** 도서출판 다림 | **등록** 1997. 8. 1. 제1-2209호
주소 07228 서울시 영등포구 영신로 220 KnK 디지털타워 1102호
전화 (02) 538-2913 | **팩스** (02) 563-7739 | **전자 우편** darimbooks@hanmail.net
블로그 blog.naver.com/darimbooks | **다림 카페** cafe.naver.com/darimbooks

ISBN 978-89-6177-245-7 43810

이 도서의 국립중앙도서관 출판예정도서목록(CIP)은 서지정보유통지원시스템 홈페이지(http://seoji.nl.go.kr)와 국가자료공동목록시스템(http://www.nl.go.kr/kolisnet)에서 이용하실 수 있습니다.(CIP제어번호: CIP2020043395)

세상 모든 책들의 도서관

남유하
정해연
문지혁
정명섭
전건우

다림

차례

로맨스 ▾ 도서관을 훔치다 — 남유하 • 9

스릴러 ▾ 뺏어준대書 — 정해연 • 41

SF ▾ 지구가 끝날 때까지 일곱 페이지 — 문지혁 • 83

어드벤처 ▾ 모험의 책 — 정명섭 • 115

호러 ▾ 귀서(鬼書) — 전건우 • 151

도서관을 훔치다

남유하

한 달 전, 나는 P시로 이사 왔다. 시골이라고 부를 정도는 아니지만, 아이들보다는 노인들이 많이 사는 한적한 도시다.

이사 오면서 당연히 P시에 있는 중학교로 전학 오게 되었다. 전에 살던 곳과 자동차로 두 시간 거리라 그럴 수밖에 없었다. 3학년 말에 전학이라니, 좀 억울하기도 했지만 내가 고집한 일이라 원망할 사람도 없었다. 아빠와 이혼하고도 아빠랑 살던 집에 사느라 우울해하는 엄마를 그냥 보고 있을 수가 없었다. 엄마는 자기는 괜찮으니 내가 졸업한 다음 천천히 이사 가자고 했다. 처음에는 나도 그래도 되는 줄 알았다. 새벽 두 시, 물을 마시러 일어났을 때 주방 테이블에 앉아 소리도 없이 울고 있는 엄마를 봤다. 그제야 아침마다 부은 눈으로 안경을 쓰고 출근하던 엄마가 떠올랐다.

"엄마, 당장 이사 가자."

엄마는 입을 꼭 다문 채 나를 보다가 "그래." 하고 고개를 끄덕였다.

그렇게 나는 전학생이 되었고, 졸업을 앞둔 아이들은 새 친구를 사귈 생각이 없어 보였다. 하긴 나도 친구가 인생의 전부라고 생각하는 타입은 아니니까 상관없다. 친구가 있으면 좋겠지만—언제부터였을까, 아마도 남자애들과 스스럼없이 장난치지 않게 된 5학년 무렵부터였던 것 같다—여자애들끼리 무리 지어 친해지는 데는 도저히 적응할 수가 없었다. 누가 누구랑 친하니까 누구와는 놀면 안 되고, 누가 누구랑 싸웠으니까 누구 편에 설지 결정해야 하고……. 물론 그런 것들을 신경 쓰며 전전긍긍하던 때도 있었다. 하지만 어느 순간 적성에 맞지 않는다는 걸 깨달았다. 친구 관계는 아무리 잘하려고 노력해도 뜻대로 되지 않았다. 노력하면 보답이 돌아온다는 면에서는 오히려 시험 성적이 더 정직하다고 느껴질 정도였다. 그리고 내게는 나를 절대로 배신할 일이 없는 친구들이 아주 많다. 국적도, 나이도, 직업도 다양한 친구들. 그들이 책 속의 인물이라는 이유로 엄마는 약간 걱정하는 눈치였지만, 엄마가 걱정할 만큼 심각한 정도는 아니었다.

솔직히 나는 P시가 아주 마음에 든다. 이사 오던 날, 엄마의 차 안에서 도서관을 보기 전까지는 특별히 좋다, 나쁘다 하는 감정이 없었다. 그런데 새집에 거의 다다를 무렵, P천 옆 길가에 노란색 벽돌로 지은 3층 건물이 나타났다. 한눈에 봐도 지은 지 얼마 안 된 새 건물이라는 걸 알 수 있었다. 노란 벽돌이라니, 카페 같은 게 있을 줄 알았는데 정문 위에 'P시 도서관'이라고 쓰여 있었다. 문 양쪽으로는 개관 축하 화환들이 늘어서 있었다. 새로 생긴 도서관이라니! 서둘러 핸드폰으로 검색해 보니 개관일이 11월 9일, 내가 이사 오던 날이었다. 역시 책의 신은 나를 저버리지 않는구나.

* * *

특별 활동도 하지 않는 나는 학교가 끝나면 매일 도서관에 갔다. 그래서 도서관이 휴관하는 금요일이 가장 싫었다. 주말에는 집에서 엄마와 빈둥거리며 시간을 보낼 때가 많았다. 이사 오고 첫 주말은 엄마 손을 잡고 P천을 산책했지만, 이후에는 날씨가 너무 추워져 그럴 수가 없었다.

도서관은 언제나 한산했다. 개관한 지 얼마 되지 않아 잘 알려지지 않아서 그런지, 이용하는 사람들은 손가락에 꼽을 정도였다. 1층에는 어린이 자료실, 2층에는 종합 자료실이 있었고, 3층에는 카페와 야외 테라스 같은 것들이 있었다. 내가 가장 좋아하는 공간은, 당연히 2층이었다. 나는 가끔 도서관의 주인이 된 듯한 기분으로, 어깨를 펴고 사람이 없는 서가를 천천히 걸었다. 그러다가 멈춰 서서 깨끗한 새 책들을 보고 있노라면 아무도 읽지 않은 그 책들을 가장 먼저 읽고 싶다는 생각에 조급해지곤 했다.

도서관 2층에는 '틴즈 플레이스'라는 공간도 있었다. 소설, 과학, 인문 서적 등 청소년을 위한 책들이 있는 곳이었다. 가끔 이어폰을 끼고 책을 보는 아이들이 있었지만, 우리 학교 교복을 입은 아이는 한 번도 보지 못했다. 아마 도서관이 우리 학교와는 반대편에 있기 때문일 것이다. 지도에서 직선을 그어 보면 학교와 도서관 사이에 우리 집이 있는 셈이었으니까. 어쨌든 우리 학교 교복을 입은 아이는 나밖에 없었다.

바로 오늘, 그 애가 나타나기 전까지는 말이다.

그 애는 2층에서도 내가 가장 좋아하는, 세계 문학 전집이 꽂혀 있는 서가—800번 문학 서가 중 끝에서 두 번째—에 있었다. 바닥에 앉아 책상다리를 한 채 책을 읽고 있었는데, 긴 팔다리 때문인지 아프리카 초원에 사는 초식 동물처럼 보였다. 구체적으로 어떤 동물인지는 몰라도 아무튼 육식 동물이 아닌 것만큼은 분명했다. 그 애의 이름이, 잘 기억나지 않았다. 같은 반이지만 한 번도 이야기를 나눈 적은 없었다. 그 애는 책에 푹 빠져 있느라 나를 보지 못했다. 나는 다행이라고 생각하며 얼른 지나쳐 갔다. 같은 학교라는 이유로 별로 친하지도 않은 아이와 도서관에서 어색한 인사를 나눈다고 생각하면 저절로 어깨가 말려 들어갔다.

서둘러 도서관을 나왔다. 틴즈 플레이스에 들어가 있을까도 생각해 봤지만 그러다가 그 애가 들어오면 "안녕." 하고 인사를 나눌 생각을 하니 또다시 몸이 움츠러들었다. 그렇다고 1층에 있는 키즈 존은 눈치 보일 것 같고, 3층에 있는 개인 연구실에는 아무리 사람이 없는 도서관이라고 해도 누군가가 늘 이용 중이었다. 디지털 열람실은 오늘따라 사람이 많기도 했고, 도서관에서 컴퓨터를 들여다보고 싶은 생각도 없어서, 짧은 고민 끝에 나와 버리기로 한 것이다.

P천을 건너 집으로 가면서 공연히 분하다는 생각이 들었다. 나만의 도서관을 그 녀석에게 빼앗긴 기분이었다. 애당초 나만의 도서관이라는 게 있을 리가 없는데도.

집에 왔더니 웬일로 엄마가 일찍 와 있었다.

"안 그래도 지금 전화하려던 참인데."

"왜?"

"맛있는 거 먹으러 가자고."

"오늘 무슨 날이야?"

"응."

엄마가 기쁘게 웃었다. 엄마 생일은 7월이고, 오늘은 12월 9일. 아무리 생각해도 무슨 날인지 알 수 없었다.

"무슨…… 날인데?"

"맛있는 거 먹는 날."

흐, 나는 바람 빠지는 소리를 냈다. 이혼하고 나서 엄마는 달라졌다. 이런 싱거운 농담도 하고 몸에 딱 붙는 바지나 요란한 프린트의 블라우스도 입었다. 아빠랑 살던 시절, 자신을 억누르던 엄마가 원래 모습으로 돌아온 건지, 아니면 아빠랑 살지 않게 되어 달라지려는 건지, 나로서는 알 수 없었다. 다만 엄마가 원래 모습으로 돌아온 쪽이라면 더 좋겠다는 생각은 들었다.

동네 맛집이라며 찾아간 스파게티집은 분위기는 좋았지만 맛은 그저 그랬다. 엄마는 나보다 입맛이 더 까다로우면서도 맛있다는 감탄사를 연발했다. 하우스 와인까지 주문해 마신 엄마는 붉어진 얼굴로 내게 이것저것 물었다. 학교 분위기는 어떤지, 반 아이들하고는 잘 지내는지. 그런 질문들에 나는 그냥 그렇다는 대답밖에 할 수 없었다. 사실은 "이 집 스파게티 맛하고 비슷해."라고 말하고 싶었지만 꾹 참고, 너무 익어 물컹해진 면발을 포크로 돌돌 감았다.

"힘든 거 있으면 엄마한테 말해 줘야 돼, 알았지?"

엄마가 내 눈을 똑바로 보며 말했다. 엄마의 충혈된 눈을 보고 있자니, 아빠가 보고 싶어 힘들다고는 차마 말할 수 없었다.

맛없는 스파게티 면발을 배 속에 담은 채 내 방 침대에 누웠다. 솔직히 말하면, 나는 우리를 떠난 아빠가 그다지 밉지 않았다. 아빠로서도 어쩔 수 없었을 것이다. 아빠는 남자를 좋아하는 사람이었다. 엄마를 만나기 전부터 자신의 성향에 대해 알고 있었고, 결혼하지 않을 생각이었다고 했다. 하지만 할머니의 소원은 외동아들이 '장가가는 것'이었고, 그런 할머니가 암에 걸려 시한부 선고를 받자 아빠는 엄마와 결혼을 결심했다.

"그래도 결혼하지 말았어야지."

엄마의 말에 아빠는 당신이라면 견딜 수도 있을 것 같았다고 했다. 엄마는 '견딘다'는 그 말에 이혼을 결심했고 나는 두 사람을 보면서 결혼 같은 건 절대 하지 말아야겠다고 다짐했다.

눈을 감았지만 잠이 오지 않았다. 감은 눈 위로 그 애의 모습이 떠올랐다. 이유는 알 수 없었다. 하지만 지워 버리려고 할수록 녀석의 모습은 또렷해졌다. 우아한 초식 동물처럼 책을 읽고 있던 모습. 눈을 뜨면 내 방구석에 기대어 앉아 있는 녀석의 모습이 보일 것만 같아, 나는 눈에 힘을 꽉 주고 잠을 청했다.

* * *

다음 날, 도서관에 또 그 애가 있었다. 전날과 똑같은 자세로 그 서가 앞에 앉아 있었다. 아무래도 매일 올 생각인가 보다. 어쩔 수 없다. 피할 수 없다면 부딪치는 수밖에. 그래도 어색한 안녕 따위는 하지 않겠다. 뚜벅뚜벅, 그 애가 앉아 있는 서가로 다가갔다. 도서관 안에서 그러면 안 된다는 걸 알고 있지만, 일부러 발소리를 크게 내면서. 예상대로 그 애가 고개를 들어 나를 봤다. '좀 비켜 줄래?'라고 말하려는 순간,

"안녕?"

그 애가 반가워하는 듯한 얼굴로 인사했다. 젠장.

"안녕?"

역시 어색해. 나는 얼른 덧붙였다.

"좀 비켜 줄래?"

내 말에 그 애가 가뿐히 일어섰다. 그러자 나는 그 애의 가슴만 볼 수 있었다. 그래, 가젤이네. 길쭉하고 마르고, 사나운 구석이라고는 찾아볼 수 없는.

"너, 하세이 맞지?"

놀랍게도, 그 애는 내 이름을 알고 있었다. 그 애는 나만큼이나 세상 모든 것에 관심 없다는 표정으로 창밖을 내다보고 있었는데. 오늘 교실에서 그 애에게 종종 눈길이 갔다는 건, 부정하고 싶은 사실이었다.

잠시 멍한 기분으로 서 있는데, 그 애가 내게서 돌아섰다. 그러고는 발레리노가 춤을 추듯 사뿐사뿐 서가를 누비며 책을 뽑아 들었다. 한 권, 두 권, 세 권. 그 모습을 나는 넋이 나간 사람처럼 입을 벌리고 보고 있었다. 그러다 얼른 고개를 돌려 서가를 노려봤다. 그런데 내가 무슨 책을 빌리려 했는지 기억이 나지 않았다. 그때 그 애가 내 앞으로 성큼 다가왔다. 그러고는 책 세 권을 내게 내밀었다.

《허생전》, 《내 이름은 빨강》, 《오디세이아》.

우리 고전 문학과 세계 문학, 그리고 고대 그리스 문학. 이 책이 어쨌다는 거야? 나는 고개를 들어 그 애를 빤히 올려다봤다.

"내 이름이야."

"뭐?"

그 애가 기다란 손가락으로 글자를 하나하나 가리켰다. 《허생전》의 '허', 《내 이름은 빨강》의 '이', 《오디세이아》의 '세'.

"허, 이, 세. 내 이름이야."

내 이름만큼이나 이상한 이름이었다. 만약 로맨스 소설이었다면 이 순간 주인공은 어떤 운명을 직감하겠지. 나는 세이, 너는 이세, 우리는 도서관에서 만났고, 어쩌고저쩌고…… 하지만 그런 건 나와는 상관없는 세계의 이야기일 뿐이다.

"재밌네."

나는 이세를 보며 씩 웃었다. 진짜로 재미있다는 뜻은 아니라는 걸 알리기 위해, 왼쪽 입꼬리만 한껏 끌어당겼다. 그러고는 뒤돌아 서가에서 아무 책이나 뽑아 들었다.

"그럼 난 먼저 갈게."

이세의 옆을 지나쳐 서가 사이를 걸어가는데, 그 애의 목소리가 뒤통수에 꽂혔다.

"내일도 올 거야?"

내일도 올 거냐고? 당연하지. 여긴 원래 내 도서관이었거든. 네가 나타나기 전까지 말이야. 나는 하고 싶은 말을 삼키고 무심한 척 말했다.

"아마도?"

좋아, 이세가 작게 말하고는 미소를 지었다. 무표정일 때와 너무 다른 얼굴이라 깜짝 놀랐다.

집에 오는데 눈앞에 그 애의 웃는 얼굴이 아른거렸다. 날씨가 추워서 그런지, 천천히 걷고 있는데도 이상하게 숨이 가쁘고 심장이 두근거렸다.

그나저나 이름 한번 거창하게 소개하네.

그렇게 나는 오늘도 뜻하지 않게 이세를 생각하며 잠이 들었다.

* * *

오전 수업 내내 쉬는 시간마다 조마조마했다. 정확히는, 쉬는 시간에 이세가 자리에서 일어날 때마다. 그 애가 와서 괜히 아는 척을 하면 어쩌나 싶어서였다. 일단 귀찮을 것 같았고, 방학을 며칠 안 남긴 상황에서 굳이 누구와 친해지고 싶지도 않았다. 하지만 그런 조바심은 점심시간이 되기 전에 사라졌다. 이세는 내게 와서 아는 척을 하기는커녕 내 쪽은 쳐다보지도 않았다. 다행이라고 생각하면서도 어쩐지 약이 올랐다. 이럴 거면 내일도 올 거냐고는 왜 물어본 건데? 수업 끝나고 도서관에 같이 가자든가, 그런 말로 이어져야 하는 거 아니야? 물론 내가 그걸 바라는 건 아니다. 다만 세상일이 그런 식으로 흘러간다는 거지. 아니다. 신경 쓰지 말아야지. 아무려면 어때.

학교가 끝나고 도서관으로 향했다. 이세를 만나고 싶지는 않았지만 그 애 때문에 도서관에 가지 않는다면 내가 지는 거니까. 도서관 정문에서 숨을 크게 들이쉬자 차가운 공기가 콧속으로 들어왔다. 상쾌한 기분으로 2층에 올라갔는데, 아니나 다를까, 오늘도 이세가 있었다. 어제와 똑같은 자세는 아니고 창 쪽에 있는 기둥에 기대선 채로.

"세이 왔구나."

이세가 나를 보더니 마치 오랜 친구처럼 인사했다. 그렇다고 인사를 하지 말라고 할 수도 없고, 나는 건성으로 고개를 끄덕였다.

"오늘은 무슨 책 빌리러 왔는데?"

"딱히…… 뭘 빌리러 온 건 아니고. 나 원래 도서관 매일 와."

"그럼 내가 재미있는 거 보여 줄까?"

"재미있는 거?"

아차, 이세가 너무 스스럼없이 말하는 바람에 그 애의 페이스에 휘말려 버렸다. 하지만 이미 뱉은 말을 도로 빨아들일 수도 없고.

"응. 너 혹시 어제 내 이름 소개한 거 기억나?"

"책 세 권으로?"

"응. 거기에 어떤 법칙이 있었는지도 알지?"

그걸 거창하게 무슨 법칙이라고 부르냐고 타박하고 싶었지만 내 입에서는 순순히 대답이 흘러나왔다.

"첫 번째 책의 첫 번째 글자, 두 번째 책의 두 번째 글자, 세 번째 책의 세 번째 글자로 조합됐다는 거?"

"맞아. 그리고 책은 어떤 책이든 상관없지만, 반드시 픽션이라야 돼. 소설, 동화, 희곡처럼. 아, 시집도 괜찮아."

"그게 법칙이라고?"

"맞아. 그럼 너도 한번 해 볼래?"

"뭘?"

"내가 알려 준 규칙대로 파랑새를 찾아와 봐."

"뭐야, 그게."

"해 봐. 분명히 재미있을 테니까. 참, 파랑새는 제외다."

"찾는 단어가 들어간 책으로 글자를 맞추면 안 된다는 거지?"

"그렇지."

책 제목으로 파랑새를 찾아오는 게 재미있을지는 모르겠지만, 내가 그동안 재미에 굶주렸다는 건 분명했다. 우리 집에서 재미를 담당하는 건 주로 아빠였으니까. 아빠를 떠올리자 가슴 한구석이 찌릿했다. 그래, 손해날 거 없으니까. 나는 서가를 누비며 파랑새를 찾기 시작했다. '파'로 시작하는 소설이라면, 윌리엄 골딩의 《파리대왕》. 그리고 '랑'이 두 번째로 오려면 아마 사랑으로 시작하는 제목이어야겠지. 사랑으로 시작하는 소설은 많으니까…… 나는 에리히 마리아 레마르크의 《사랑할 때와 죽을 때》를 뽑아 들었다. 그리고 세 번째로 오는 '새'는 당연히 하퍼 리의 《앵무새 죽이기》.

"자, 여기."

나는 짐짓 자랑스럽게 찾아온 책들을 내밀었다. 이세는 내게 엄지 손가락을 들어 보이더니, 세 권의 책을 순서대로 서가 옆에…… 꽂았다. 서가 옆의 공간, 그러니까 허공에 책이 꽂혔다!

"짜잔."

이세가 마술사처럼 손을 펼쳤다. 헉, 놀랄 틈도 없이 책 사이에서 파랑새가 날개를 퍼덕이며 튀어나왔다. 꺅, 나도 모르게 소리를 지르고는 손으로 입을 틀어막았다. 이세가 손을 내밀자 파랑새가 이세의 손등 위에 올라앉았다. 가을 하늘처럼 선명한 파란색 깃털. 파랑새는 귀여운 고갯짓을 몇 번 하더니 다시 날개를 펼치고 서가 위를 날아다녔다. 나는 주변을 둘러봤지만 사람들은 저마다 자기가 읽는 책에 열중하느라 파랑새를 보지 못했다. 이세가 어깨를 으쓱하더니 공중에 꽂힌 책 세 권을 다시 뽑아 들었다. 그러자 파랑새는 파란 반짝이 가루처럼 공기 중으로 흩어졌다.

"어떻게 한 거야?"

나는 목소리를 죽이고 물었다.

"마법이야."

"뭐?"

쉿. 이세가 검지를 입술에 갖다 대며 웃었다. 마법이라고? 세상에 마법이란 게 정말 있단 말이야? 그럴 리가 없잖아. 마술 같은 거겠지. 하지만 마법이든 마술이든, 파랑새는 정말 아름다웠다. 그리고 이세의 말대로 재미있었다. 이런 친구라면 마냥 귀찮지만은 않을 것 같았다.

"어때? 괜찮았어?"

이세가 눈을 빛내며 물었다.

"재밌었어, 신기했고."

"그럼 내일도 도서관에 올 거지?"

"응. 너…… 근데 왜 학교에서 아는 척 안 했어?"

"할걸 그랬나?"

"아, 아니. 괜찮아. 도서관에서 만나는 거로 충분해."

"그래, 그럼 내일도 도서관에서 만나."

그날 밤 나는, 파랑새의 꿈을 꾸었다.

* * *

"오늘은 책 속 세계로 들어가게 해 줄게."

오늘도 어김없이 도서관에서 만난 이세가 말했다. 아직 완전히 마법을 믿진 않았지만, 마술이라고 해도 괜찮았다.

"어떻게?"

"같은 법칙으로, 네가 들어가고 싶은 책 제목을 찾아오면 돼."

"음…… 《검은 고양이》?"

"그건 좀……. 그렇게 어두운 곳 말고 없어?"

이세가 곤란한 얼굴을 하며 말했다.

"그럼 금성?"

"금성?"

"응. 레이 브래드버리의 《온 여름을 이 하루에》에 나오는 금성. 7년 동안 비가 내리다가 그치는 순간에 나도 꼭 가 보고 싶었어."

"지구 밖으로 가 본 적은 없는데, 그냥 지구로 하면 안 될까? 호그와트 마법 학교라든가, 에메랄드 시티라든가……. "

"아, 그래? 그럼 그냥 카프카의 방에 갈게."

"카프카의 방? 성이 아니고?"

"내 말은 그레고르 잠자의 방."

"《변신》 속 세계로 들어가겠다고? 정말 거길 가고 싶단 말이야?"

"거기가 어때서? 개인의 취향을 존중해 줄래?"

"알았어. 그럼 어서 찾아 와."

'변'이 첫 번째 글자인 책과 '신'이 두 번째 글자인 책. 쉬울 것 같으면서도 잘 생각나지 않았다. 가장 먼저 떠오르는 건 오비디우스의 《변신 이야기》였는데, 찾는 단어가 들어간 책으로 글자를 맞추면 안 된다고 했으니까…… 흠, '변'으로 시작하는 책 제목이 뭐가 있을까. 변경, 변덕, 변동? 딱히 떠오르는 제목이 없었다. 기계의 도움을 받고 싶지는 않았지만, 문명의 이기를 이용하지 않는 것도 어리석다 싶어 책 검색기에 '변화'라는 단어를 집어넣었다. 그리고 적절한 책을 찾았다. 로저 젤라즈니의 《변화의 땅》. 읽어 보진 못했지만 로저 젤라즈니의 단편집인 《전도서에 바치는 장미》는 재미있었으니까 일단 합격. 다음은 두 번째에 오는 '신'을 찾으면 된다. 도스토옙스키의 《분신》. 얼마 전에 본 영화의 원작이라고 해서 찾아봤었던 기억이 났다.

"자, 여기."

이세에게 책 두 권을 내밀었다.

"네가 직접 해 봐."

"내가? 마법을 쓰라고?"

"응. 믿음을 잃지 않으면 할 수 있어."

이세가 서가 옆의 공간을 손으로 가리켰다. 두근거리는 마음으로 보이지 않는 서가 위에 책을 올려놓으려 했지만 차마 손을 놓을 수가 없었다.

"괜찮아. 올려놓을 수 있으니까."

이세가 내 뒤에 서서 내 오른손을 잡아 주었다. 천천히, 손에서 힘을 빼. 그 애가 내 귀에 속삭였다. 나는 책을 꽉 쥐고 있던 손가락을 펼쳤다. 그리고 다음 순간 쿰쿰한 냄새가 나는 좁은 방에 있었다. 좁은 침대 위의 갑충, 그레고르 잠자의 방이었다! 이제 막 침대에서 내려왔는지 몸을 뒤집기 위해 바닥에서 버둥대는 갑충을 본 순간 온

몸에 소름이 돋았다. 물론 너무 좋아서였다. 나는 그레고르의 꾸물거리는 다리들을 만져 보고 싶은 충동을 누르며 방 안을 둘러봤다. 그레고르가 밖을 내다보던 창, 옷감 견본들이 펼쳐진 책상, 화보 잡지에서 오려 낸 여자 그림을 넣어 둔 액자…… 창밖으로 다가가 풍경을 내려다보려는데 똑똑, 누군가 문을 두드렸다. 그레고르의 여동생을 볼 수 있다고 생각한 순간, 나는 도서관으로 돌아왔다.

"뭐야, 너무 짧잖아. 나 또 갈래."

"안 돼. 벌써 도서관 끝날 시간이야."

"뭐? 거기에 5분도 안 있었는데? 거짓말."

나는 핸드폰으로 시계를 봤다. 9시 45분. 이세의 말대로였다. 도서관은 열 시면 문을 닫는다.

"이야기 속 세계랑 현실 세계는 시간이 다르게 흐르거든."

"그래? 근데 정말 어떻게 한 거야?"

"말했잖아. 마법이라고."

"그럼 네가 마법사라는 거야?"

"아니, 나는 사실 도서관의 요정이야."

풉, 나도 모르게 웃으며 이세의 팔을 툭 쳤다. 이세도 소리 죽여 따라 웃었다. 그레고르의 방을 보고 와 한껏 기분이 좋아진 나는 이세에게 보답하고 싶었다.

"일단 여기서 나가자. 오늘 보답으로 내가 떡볶이 사 줄게."

"미안, 먼저 가. 난 책 좀 보다 갈게."

"어? 이제 문 닫을 시간인데?"

"잠깐 찾아볼 게 있어서. 잘 가. 다음에 보자."

그렇다면 나도 열 시까지 있다가 가겠다고 하려는데, 이세가 손을 흔드는 바람에 쫓겨나듯 밖으로 나왔다. 뭐지? 밤늦은 시간이니 집에 데려다주겠다고 하지는 않더라도, 도서관에서 같이 나올 수는 있는 거 아닌가? 뭐야, 친구가 되려고 마법인지 뭔지 보여 준 게 아니었어?

터벅터벅, 집으로 가는 발걸음이 무거웠다.

* * *

"도서관도 휴관인데 어제 못 먹은 떡볶이나 먹을래?"

오디션을 보는 것처럼 온종일 외워 대던 말은 결국 하지 못했다. 수업이 끝나고 몰래 뒤를 쫓아가다가 우연히 만난 척하고 물어보려 했는데, 엄마한테 온 메시지—우리 주말에 여행 갈까?—를 확인하는 사이 놓치고 말았다. 그러다가 괜히 나 혼자 이세에게 목매는 거 같아 식식대며 집으로 돌아왔다.

"어디 갈지 생각했어?"

오늘도 밤늦게 온 엄마가 물었다. 엄마가 다니는 회사는 원래 야근이 많다. 별 불만은 없다. 덕분에 나도 도서관에 늦게까지 있어도 되니까.

"글쎄, 엄마 가고 싶은 데 가."

책 속 세상으로 여행 갈 수 있는 판국에, 현실 세상의 주말여행이야 수목원이든 온천이든 별 상관없었다.

"그럼 오랜만에 바다나 보러 갈까?"

겨울 바다라니, 엄마 마음이 더 쓸쓸해지는 건 아닐까 걱정됐지만 엄마가 좋아하는 회도 먹고 하면 괜찮을 것 같았다. 그래서 엄마와 나는 1박 2일로 주문진에 갔다. 겨울 바다는 쓸쓸하기보다 푸근했다. 우리는 무릎 담요를 덮고 모래사장에 앉아 밀려오고 또 밀려오는 파도를 지치지도 않고 바라봤다. 바닷속으로 사라지는 해를 보고 나서야 근처 횟집에 가서 저녁을 먹었다. 나는 분명 엄마와 대화하면서 회를 먹고 있었는데, 내 머릿속에는 아빠도 함께였으면 좋겠다는 생각과 주말에도 이세는 도서관에 갔을까, 교복을 입지 않은 이세는 어떤 모습일까 하는 궁금증으로 가득 차 있었다.

월요일, 도서관에서 이세를 만났다. 주말에는 어디 갔었냐고, 도서관에는 왜 안 왔냐고 물어볼 줄 알았는데 아무런 말도 하지 않는 걸 보니 이세도 주말에는 도서관에 오지 않았나 보다. 나는 이세가 주말을 어떻게 보냈을지 궁금했고, 겨울 바다를 보고 온 이야기도 하고 싶었지만 꾹 참았다.

아직은 이세가 나를 어떻게 생각하는지 알 수 없었다. 아무리 도서관에서 만난다고 해도 학교에서 말 한마디 건네지 않는 것도 이상했고, 책에 관한 이야기 말고는 전혀 하지 않는 것도 이상했지만 굳이 파헤치고 싶지 않았다. 이세가 도서관의 요정이라는 말을 믿는 건 아니었지만, 깊이 알려고 하다가 서로 얼굴 붉힐 일이 생길까 내심 두려운 것도 사실이었고 그 애가 특이한 녀석인 것만큼은 분명했으니 나는 모처럼의 즐거움을 잃고 싶지 않았다. 그렇게 내 마음의 벽이 허물어지지 않도록 틈새를 부지런히 메꾸며 도서관에서의 만남을 이어 나갔다.

나는 이세의 걱정을 뒤로하고 《그리고 아무도 없었다》의 인디언 섬에 갔다. 아홉 글자를 순서대로 찾는 건 쉽지 않았지만, 으스스한 저택에서 열 개의 인디언 인형을 봤을 때의 짜릿함이란! 화요일에는 끝내 《검은 고양이》에 나온 지하실에 갔다. 거기만은 가지 말라며 말리는 이세를 조르고 졸라서 얻어 낸 수확이었다. 대신 수요일에는 《찰리의 초콜릿 공장》에 가겠다는 조건이 있었다. 뭐, 초콜릿 공장에서 움파룸파족을 구경하는 것도 나쁘진 않았다. 하지만 목요일에는 호그와트에 갔으면 하는 이세를 무시하고, 아카키 아카키예비치의 유령을 보러 갔다. 니콜라이 고골의 《외투》, 두 글자라 찾기도 쉬웠다.

"《소나기》에 나온 징검다리로 가면 안 될까?"

이세는 책을 꽂는 순간까지 아쉬운 얼굴을 했고, 나는 단호히 고개를 젓고 러시아의 다리 위에서 사람들의 코트를 훔쳐 가는 유령을 구경했다.

한번은 이세에게 같이 갈 순 없냐고 물었다. 이세는 고개를 기울이며 웃기만 했다.

다시 금요일이 되었고, 나는 지난주 같은 일을 되풀이하고 싶지 않아 수업이 끝나자마자 가장 먼저 교실을 나섰다. 그래도 토요일에는 혹시나 해서 엄마와 브런치를 다 먹자마자 도서관에 갔다. 주말은 엄마랑 있어 주라, 엄마는 내 딸이 된 것처럼 어리광을 부렸지만 못 들은 척 나와 버린 것이다. 혹시나 이세가 있을까 도서관 구석구석을 돌아봤다. 그 애는, 어디에도 없었다. 그러고 보니 나는 이세의 전화번호도 알지 못했다. 안다고 해도 먼저 연락하지는 않았겠지만.

정말? 정말 연락하지 않을 자신 있어?

마음속에서 내 목소리가 들려왔다. 인정하고 싶지 않지만 나는 요즘 온통 이세 생각뿐인데, 녀석에게 나는 뭘까? 책을 좋아해서 말이 잘 통하는 친구? 도서관에서 자신의 마법인지, 초능력인지를 자랑할 수 있는 친구?

모르겠다. 이세는 친절하고, 나를 보면 항상 녹아내릴 것 같은 눈웃음을 짓지만…… 그 애의 마음은 어떤 상태인지 정말 모르겠다.

"딸, 얘기해 봐."

일요일 저녁, 내 방에 있다가 주스라도 마시려고 나왔는데 식탁에서 책을 보고 있던 엄마가 뜬금없는 말을 했다.

"뭘?"

"요즘 고민 있지? 아니라고 할 생각은 마."

"아니거든."

"남자 친구?"

"아니라고."

"얼굴 빨개지는 거 보니까 맞네."

"아니야, 아니야, 아닙니다, 어머니!"

"알았어. 얘기하고 싶을 때 해."

엄마는 아무 일도 없었다는 듯 테이블 위에 있던 커피를 마셨다. 나는 냉장고에서 우유를 꺼내 단숨에 벌컥벌컥 마시고 방으로 돌아왔다.

* * *

도서관에 이세가 나타나고 세 번째 월요일이 되었다. 12월 23일, 크리스마스이브 전날이었다.

"오늘은 어디 가고 싶어?"

이세는 언제나처럼 내게 다정하게 물었다.

"오늘은 그냥 책 볼래."

나는 아무 책이나 뽑아 들고 서가 옆에 주저앉았다. 이세도 내 옆에 와서 앉았다. 바보 녀석아, 아무리 도서관이 좋다고 해도 크리스마스이브까지 도서관에서 보내자고 할 셈이냐. 마음 같아선—별로 맛은 없지만—엄마와 갔던 파스타집이라도 같이 가자고 하고 싶었지만 그랬다가 거절이라도 당한다면 다시는 도서관에 오고 싶지 않을 테고, 그러면 이래저래 손해가 막심할 테니까 입을 다물고 있었다.

"내일, 혹시 집에 늦게 가도 돼?"

옆에 앉은 이세가 속삭이듯 물었다. 순간 귀를 의심하면서도 입이 헤 벌어질까 봐 입가의 근육을 단속해야 했다.

"얼마나 늦게?"

"도서관 문 닫고 나서 새벽까지."

"새벽까지…… 뭐 하게?"

"도서관을 훔치게."

"도서관을…… 훔친다고? 그게 무슨 소리야?"

"너 이 도서관의 주인이 되고 싶다고 하지 않았어? 내일 밤 이 도서관을 네 걸로 만들어 줄게."

"도대체 무슨 소릴 하는 거야? 너 뭐 잘못 먹었어?"

"그런 거 아닌 거 알잖아. 세이야, 어때? 내일 엄마한테 허락받을 수 있겠어?"

부드럽고 자신만만한 목소리였다. 보이지 않는 서가에 책을 꽂을 때마다 내 뒤에 서서, "나를 믿어, 도서관의 마법을 믿어."라고 하던 그 목소리. 나는 고개를 끄덕였다.

"엄마, 나 내일 친구네 집에서 자고 와도 돼?"

"친구네 집에서 잔다고?"

"응. 크리스마스이브니까."

"안 될 거 없지. 근데 너 친구 없잖아."

엄마가 바늘로 콕 찔렀다. 펑, 풍선처럼 부풀었던 마음이 터져 버렸다. 내 얼굴은 지금, 울상을 지은 토마토와 닮았을 것이다.

"이제 사실대로 말해 봐."

엄마가 내 앞머리를 헝클어뜨리며 말했다. 다른 방법이 없었다. 나는 도서관에서 만나 친해진 친구가 있다고, 이세라는 아이라고 솔직하게 털어놓았다. 물론 이세가 남자애라는 말은 굳이 하지 않았다.

"친구가 생겼단 말이지……."

엄마는 눈을 가늘게 뜨고 친구라는 단어에 유난히 힘을 주었다. 그러고는 묘한 미소를 머금고 있다가, 흔쾌히 허락해 주었다. 엄마에게 허락도 받았으니 내일이 오기만을 기다리면 된다. 콩닥콩닥, 자꾸만 심장이 뛰는 게 느껴졌다.

도서관을 훔친다. 단 하루지만 도서관의 주인이 된다. 내일 밤부터 새벽까지 뭔가 은밀한 일이 벌어질 것이다. 그리고 어쩌면 이세가 내게 고백을 할지도…… 아니, 아니야. 하세이, 너무 앞서가지는 말자. 나는 힘껏 고개를 저었다. 그러다 문득 서늘한 느낌을 받았다.

나는 이세에게 도서관의 주인이 되고 싶다는 말을 한 적이 없다.

* * *

9시 50분, 도서관 이용 종료를 알리는 음악이 흘러나왔다.

"어떡해?"

"화장실에 숨어 있자."

이세는 남자 화장실로, 나는 여자 화장실로 숨어들었다. 그리고 세 번째 칸에 들어가 변기 뚜껑을 내리고 그 위에 올라앉았다. 밖에서 봐도 발이 보이지 않도록, 무릎을 꼭 감싸 안았다.

잠시 후, 발소리가 들렸다. 잔뜩 긴장해서 침도 삼키지 못하고 있는데 화장실 불이 꺼졌다. 하지만 끝난 게 아니었다. 발소리가 완전히 사라질 때까지, 직원들이 전부 퇴근할 때까지 기다려야 했다. 다리가 저려 올 때쯤 똑똑, 노크 소리가 들렸다. 소리를 지를 뻔했는데 이세의 목소리가 들렸다.

"나가자."

화장실 밖으로 나왔다. 도서관은 암흑과 고요에 잠겨 있었다. 우리는 우리가 좋아하는, 우리의 서가 앞으로 갔다.

"지금부터 우린 도서관을 훔칠 거야."

좀처럼 흥분하지 않는 이세도 약간 떨리는 목소리로 말했다. 손에는 어떤 책도 들려 있지 않았다. 나는 여전히 마법을 완전히 믿지는 않았지만, 마법을 부리려면 책이 있어야 하는 거 아닌가?

"어떻게?"

내 말이 끝나기도 전에 이세가 서가에서 책 한 권을 뽑아 들었다. 그리고 허공으로 던졌다. 무슨 짓이냐고 말리려는데, 서가에서 뽑힌 책이 투명한 실을 매단 것처럼 공중에 떠 있었다. 다음 책도, 그다음 책도……. 허공에 떠오른 책들이 삼삼오오 짝을 지어 즐거운 듯 날아다녔다. 어어, 입에서 바보 같은 신음이 흘러나왔다.

"오늘 넌, 도서관의 주인이야."

이세가 나를 돌아보며 말했다. 교복과 운동화는 어디론가 사라지고, 나는 하얀 블라우스에 보라색 치마를 입고 빨간 구두를 신고 있었다. 목에 커다란 리본이 달린 블라우스였다. 이세는 짙은 회색 양복을 차려입고 있었다. 조끼까지 입은 모습이 꼭 셜록홈스 같았다.

"그럼 넌?"

"말했잖아. 난 도서관의 요정이라니까."

너무 어이가 없어 화가 날 것 같은데, 입에서는 자꾸만 실없는 웃음이 새어 나왔다.

"도대체 어떻게 한 건데?"

"주인님, 아직도 마법을 안 믿으세요?"

"정말, 네가 마법을 부리는 요정이라고?"

"그렇습니다만."

피식, 또 실없이 웃는데 어디선가 음악 소리가 흘러나왔다. 귀에 익은 왈츠였다. 누군가 오디오의 볼륨을 높이는 것처럼 음악 소리가 점점 크게 울렸다.

"춤추실까요?"

그 애가 내게 손을 내밀었다.

"전 춤출 줄 모르는데요."

"눈을 감아요. 그리고 내게 몸을 맡겨요."

이세의 말대로 눈을 감았다. 그러자 그 애가 한 손으로 내 손을 가볍게 잡고, 다른 한 손으로 내 허리를 감쌌다.

"몸에 힘을 빼는 게 포인트야. 구름 위에 있다고 생각해."

그 애가 속삭였다. 그런 말을 들으니 오히려 긴장됐지만, 그 애가 오른쪽으로 나를 한 발 이끄는 순간, 신기할 정도로 몸이 가벼워졌다. 나는 왈츠에 맞춰 그 애와 도서관 서가를 누비며 춤을 추었다.

어느새 도서관은 무도회장이 되어 있었고, 날아다니던 책들도 우리처럼 짝을 지어 춤을 추었다.

이세의 품에 안겨 춤을 추면서 나는 내가 그 애를 많이 좋아한다는 걸 깨달았다. 아니, 이전부터 알고 있었다. 다만 이세가 표현하지 않으니까 두려웠던 것뿐이다.

이세는 다른 남자애들과 다르다. 남자를 사귀어 본 적은 없지만, 또래 남자애들이 여자 친구에게 어떻게 대하는지는 알고 있다. 잠시라도 떨어져 있으면 큰일이라도 나는 듯 학교에서도 붙어 다니고, 틈만 나면 손을 잡으려 하고, 조금 더 친해졌다 싶으면 스킨십을 하고 싶어 안달이다. 그런데 이세는 그렇지 않았다. 마법을 쓸 때면 내 손을 잡기도 했지만, 그건 그냥 손등을 감싸는 정도니까 정확히 말하면 손을 마주 잡은 건 아니었다. 혹시, 이세는 우리 아빠 같은 사람인 걸까? 나를 좋은 친구라고 생각하지만, 그게 전부라면…….

그렇다면 나는 엄마처럼 상처받고 싶지는 않아.

경쾌하고 활기찬 음악이 조용하게 바뀌었을 때, 나는 마음속에 품고 있던 질문을 하기로 했다.

"너도 혹시, 남자 좋아해?"

"뭐?"

이세가 갑자기 멈추는 바람에 나는 뾰족한 구두 굽으로 그 애의 발을 밟았다. 아야, 그 애가 콧잔등에 주름을 잡았다.

"그런 식으로 생각해 본 적은 없어."

애매한 대답이었다. 보통의 남자애라면 자기를 게이라고 의심하는 물음에 펄펄 뛰지 않을까? 역시 이세는 남자를 좋아하는 건

지도…….

"근데 내가 누굴 좋아하는지는 알아."

"어?"

"하세이, 널 좋아해."

두근두근, 심장이 어찌나 크게 울려 대는지 음악 소리가 들리지 않을 정도였다. 이세가 나를 똑바로 바라봤다. 이세의 까만 눈동자에 아주 작은 별이 들어 있었다. 그 별이 너무 눈부셔서 나는 눈을 감아 버렸다. 눈을 감고 있지만, 그 애의 얼굴이 내게 가까이 다가오는 게 느껴졌다. 아주 조금씩, 아주 천천히 그리고 부드럽고 따뜻한 입술이 내 입술 위에 내려앉았다. 달콤한 입맞춤.

부끄러워하면서 간신히 눈을 떴을 때, 모든 것이 사라지고 없었다. 음악도, 춤추는 책들도, 리본이 달린 블라우스와 보라색 치마도 그리고 이세도. 나는 내 방에 있었다. 말도 안 돼. 이게 뭐야. 지금까지 일어난 일 중에 가장 말도 안 되잖아. 방문을 열고 거실로 나갔다. 소파에 앉아 있던 엄마가 눈을 동그랗게 뜨고 물었다.

"너, 언제 들어왔어?"

나도 모르겠다고 말을 하려는데 다짜고짜 울음이 터졌다. 엄마가 다가와 말없이 나를 안아 주었다. 모든 것이 사라지던 순간, 나는 이세의 작별 인사를 들었다.

'안녕, 세이야.'

* * *

크리스마스 날은 온종일 침대에 누워 있었다. 몸살이 났는지 열이 오르고 오슬오슬 추웠는데 응급실에 갈 정도는 아니라서 엄마가 주는 미음과 해열제를 먹고, 자다 깨다를 반복했다. 꿈을 꾸면 도서관에 있었고, 다시 눈을 뜨면 내 방이었다. 그래도 늦은 오후에는 열이 내려 죽을 먹을 정도가 되었다.

크리스마스에 죽이라니, 죽을 맛이네.

12월 26일, 학교에 가니 이세의 모습이 보이지 않았다. 이세가 사라졌어. 내게는 이세가 앉아 있던 복도 끝 빈자리가 휑하니 보이는데 신경 쓰는 사람은 아무도 없었다. 반 아이들도, 선생님도. 이세는 정말 도서관의 요정 같은 거였을까? 설마설마하는 생각과 그럴리가 하는 생각이 맞섰다. 3교시 쉬는 시간, 반장에게 가서 슬쩍 물었다.

"허이세, 오늘 왜 안 왔는지 알아?"

"누구?"

"허이세, 키 크고 얼굴 하얗고 마른 애."

"뭔가 착각한 거 아니야? 우리 반에 그런 애 없는데."

반장이 의아한 얼굴로 나를 바라봤다. 나는 '어, 그래.' 하는 말을 삼키며 조용히 돌아섰다. 뒤에서 반 아이들의 웃음소리가 들렸다. 나를 두고 웃는 게 아니겠지. 하지만 전학 와서 한 달여 만에 처음 묻는 말이 존재하지도 않는 애의 결석이라니, 대놓고 웃는다고 해도 뭐라 할 수 없는 상황이었다.

수업이 끝나자마자, 도서관으로 달려갔다. 우리의 서가에도 이세의 모습은 보이지 않았다. 허전했다. 허전해서 견딜 수가 없었다. 우리와 함께 춤을 추던 책들을 공연히 쓰다듬었다. 그러다가 문득, 아이디어가 떠올랐다. 나는 《허버트 조지 웰스》와 《오이디푸스 왕》과 《아르세니예프의 인생》을 뽑아 들고 와서 보이지 않는 서가에 꽂았다. 투두둑, 책이 바닥으로 떨어졌고, 지나가던 아저씨가 나를 흘깃 노려보고 갔다. 얼른 책들을 주워 카트에 올려놓았다.

이세가 사라지고, 마법도 사라졌다.

겨울 방학이 시작됐고, 나는 여전히 출근하듯 도서관에 갔다. 시간이 흐를수록 모든 게 내 상상이었는지도 모른다는 생각이 들었다. 아니, 그렇게 생각하려 했지만 실패했다. 전부 지워 버리려고도 해봤지만 그럴수록 이세와 함께한 모든 일들, 아름답고 소름 끼치는 경험들이 또렷하게 되살아났다.

나쁜 놈. 나도 널 좋아한다고 말하고 싶었단 말이야.

겨울 방학이 끝날 무렵이었다. 빈 서가를 노려보던 나는 문득, 바보짓을 했다는 걸 알았다. 지난 26일, 나는 이세의 이름으로 마법을 일으키려 했었다. 그래서 책이 바닥에 떨어져 버린 것이다. 허이세는 책 제목이 아니니까. 파랑새, 변신, 검은 고양이…… 우리는 그동안 오로지 책 제목을 통해서만 다른 세계와 이어졌다. 그러니까, 이세를 만나려면 그 애의 이름—진짜 요정의 이름은 따로 있겠지만—이 아니라 책 제목을 찾아내야 한다. 어떤 책을 골라야 이세가 도서관에 다시 돌아올 수 있을까? 아니, 어떤 책 속 세상으로 들어가야 이세를 다시 만날 수 있을까?

첫사랑.

그것 말고는 생각나지 않았다. 이반 세르게예비치 투르게네프가 쓴 《첫사랑》은 제목을 보고 기대했던 것만큼 상큼한 이야기는 아니었지만, 소년이 사랑을 키우던 그 정원으로 가면 이세를 만날 수 있을지도 모른다. 나는 서가를 누비며 베르나르 키리니의 《첫 문장 못 쓰는 남자》와 헨리 제임스의 《나사의 회전》 그리고—제목 세 번째에 오는 '랑'은 상당히 찾기 어려웠지만—발자크의 《루이 랑베르》를 찾을 수 있었다.

드디어 책 세 권을 손에 든 채, 나는 보이지 않는 서가 앞에 섰다. 지난번처럼 바닥에 떨어져 버리면 어쩌지? 이번에도 내 방법이 틀렸다면? 선뜻 손을 내밀 수가 없었다. 그때였다. 나를 믿어. 도서관의 마법을 믿어. 내 뒤에 서서 속삭이던 이세의 목소리가 들리는 듯했다. 나는 나의 첫사랑을 꽂기 위해, 우리의 서가를 향해 손을 뻗었다.

뺏어준대 書

정해연

"나 예뻐?"

거울 앞에서 뒤돌아서며 성혁이 머리카락을 쓱 쓸어 넘겼다. 침대에 비스듬하게 기대어 앉아 막대 사탕을 빨고 있던 동생 성윤이 만화책에서 고개를 들고 성혁을 보았다. 그러고는 성혁을 향해 엄지손가락을 척 들어 보였다.

"확실히 변태처럼은 보여."

"이게, 확!"

성윤은 혀를 날름 내밀어 보이고는 다시 만화책에 고개를 파묻었다. 인상을 구기고 있던 성혁은 다시 거울 속으로 시선을 던졌다.

여학생 교복 상의는 마치 헐크가 변신하며 터지는 순간처럼 잔뜩 울어 있었다. 숨만 크게 쉬어도 단추가 총알처럼 튕겨 나갈 것 같았다. 치마도 허리까지 간신히 끌어 올렸다. 지퍼는 어떻게든 올렸지만 여밈 단추는 도저히 잠글 수 있는 방법을 찾을 수 없어서 그냥 열어 두었다. 지퍼가 내려가도 치마는 벗겨질 리가 없어 보일 만큼 성혁의 엉덩이를 꽉 쥐었다. 치마 아래로 드러난 맨다리에 길고 검은 털이 숭숭 나 있었다. 얌전히 서 있고 싶어도 자동으로 벌어지는 팔자 다리가 가관이었다.

성윤이 뭔가 생각났다는 듯 고개를 들었다.

"오빠 나 사진 좀 찍으면 안 돼?"

"닥쳐라."

"이거 인터넷에 올리면 딱 베스트 톡 감인데. '오빠가 내 교복을 훔쳐 입어요.' 어때?"

"입 안 다물래!"

성혁이 잡히는 대로 아무거나 집어 던졌다. 던진 물건은 간단히 성윤의 손에 잡혔다. 성윤의 브래지어였다. 성혁이 차 보려다가 도저히 안 되어 내려놓았던 브래지어. 성윤이 휘파람을 불 듯 말했다.

"오우, 찐 변태다운데?"

"야, 진짜 조용히 안 할래? 이렇게 하라고 한 게 누군데?"

짐짓 무서운 얼굴을 해 보이며 성혁이 인상을 썼다. 하지만 성윤은 주눅 들지 않았다. 사실 성혁은 성윤이 주눅 들기를 바라지도 않았다. 가입하지도 않은 사격부 활동에 필요하다며 총알값을 뒤로 챙기다 아빠에게 걸렸을 때도, 자신에게 용돈을 적게 주어 이 사태를 만든 사람의 잘못인지, 아니면 집에 분란을 일으키지 않기 위해 타협을 한 자신의 잘못인지를 주제로 토론을 벌인 간 큰 아이니까 말이다.

성윤이 눈을 동그랗게 뜨고 말했다.

"싫음 안 하면 되는 거야. 지금이라도 관두든가."

그 말에 성혁은 곧장 입을 다물었다. 관둘 수 있는 것이었으면 진작 때려치웠을 것이다. 하지만 이것 말고는 선택지가 없다. 물론 사태가 여장에까지 이르게 된 것은 두말할 것도 없이 성윤의 아이디어 때문이었다. 성윤의 그 한마디가 아니었다면 이 시간에, 이 꼴을 할 생각은 못 했다.

'오빠는 정말 생각이 짧아서 탈이야.'

바로 그 말이 성혁을 여장까지 하게 만들었다. 하지만…….

성혁은 오른쪽으로 슬쩍 시선을 던졌다. 곧 메고 나갈 제 가방이 눈에 들어왔다. 홀쭉한 가방 안에 들어 있는 것은 오늘 밤을 기점으로 구겨질지도 모르는 자신의 인생을 활짝 펴 줄 무언가였다. 그래, 어쩌면 모든 시작은 다 저것 때문이었다.

가방 안에 들어 있는 단 한 권의 책 말이다.

* * *

그 책이 성혁의 손에 들어온 것은 우연이었을까, 필연이었을까.

평소 책이라면 자다가도 더 깊은 잠에 빠질 성혁의 관심 레이더망에 그 책이 들어온 것은 우연이라고 볼 수도 있었지만, 머리가 복잡한 탓에 수업이 듣기 싫었고, 하필 시험이 가까워지고 있는 타이밍이었고, 덕분에 이번 시험에서만큼은 학년 꼴찌 반이라는 오명을 벗겠다는 선생님의 열의가 하늘을 찔렀고, 그 열의에 따른 부작용인지

반작용인지 성혁은 핸드폰을 숨겨 놓고 유튜브를 보다 걸려 선생님의 화를 돋웠고, 반성의 의미로 교내 도서관 청소를 명받게 된 일련의 과정을 연역적 관점에서 봤을 때는 필연이라고 볼 수도 있었다.

아무튼 그래서, 성혁은 도서관에 대걸레를 들고 들어갔다. 마치 운명과도 같은 일이었다.

그 책의 끄트머리는 한국 문학 코너의 〈813.6 임75정〉부터 〈813.6 필292ㄷ4〉까지의 넘버가 붙어 있는 책장 아래를 대걸레로 훔칠 때 툭 튀어나왔다. 평소의 성혁이었다면 튀어나오든 말든 신경 쓰지 않거나, 집어 드는 것조차 귀찮아 걸레로 다시 쓱 밀어 넣었겠지만, 그날은 그렇지 않았다. 역시 운명이었는지도.

책은 제목조차 붙어 있지 않았다. 두꺼운 하드커버가 씌어 있었다. 그 색이 빨간색이 아니었다면 관심을 주지 않았을 것이었다. 하필 빨개서, 빨간색이라서, 제목도 없이 빨갛기만 해서 문득 한창 예민한 시기의 성혁을 자극했던 것이다.

성혁은 책을 집어 들었다. 꽤나 오래된 책인 듯 여기저기 낡아 종이 커버가 벗겨져 있었다. 앞뒤를 번갈아 뒤집어 보다가 별생각 없이 책을 펼쳤다. 성혁이 고개를 갸웃했다.

일반적인 책이 아니었다. 무슨 내용인지 알아볼 수도 없었다. 성혁이 일찌감치 포기해 버린 영어로 쓰여 있거나, 고등학교에 가면 배운다는 제2 외국어로 되어 있는 것도 아니었다. 아니, 애초에 무슨 언어인지 알아볼 수도 없었다.

인쇄 과정에서 실수가 있었나, 싶기도 했다. 마치 프린터에 종이

한 장만 넣고 계속 그 위에 출력을 한 것처럼 셀 수 없이 많은 글자들이 몇 번이고 겹쳐 쓰여 있었다. 멀리서 얼핏 보면 검은 종이라고 할 수도 있을 정도였다.

"뭐 하는 거야?"

갑자기 들려온 소리에 성혁은 책을 든 채로 앞을 보았다. 어느새 담임 선생님이 들어와 있었다. 못 볼 것을 본 것 같은 표정으로 얼굴을 잔뜩 찡그린 채 성혁을 보고 있었다.

"설마 책 훔쳐 가서 팔려는 건 아니지?"

"미쳤어요?"

성혁은 자기도 모르게 버럭 소리를 내질렀다. 책이 책장 밑에 떨어져 있어서 주운 것뿐이라고 말할 생각이었다. 그러나 담임 선생님의 주목을 끈 것은 책이 어디에서 나왔느냐가 아니라 성혁의 '미쳤냐'는 단말마의 외침이었다. 담임 선생님의 주먹이 곧장 성혁의 머리를 쳤다.

"아얏!"

"이게 선생한테 아무 말이나 찍찍! 네가 평소에 책 같은 걸 읽을 놈이 아니니까 하는 소리잖아!"

"읽거든요? 저 문예부인 거 모르세요?"

"그러게 말이다. 천하의 초성혁이 무슨 꿍꿍이로 문예부에 들어갔냐고."

그는 2학년 때도 성혁의 담임을 맡았기에 성혁을 잘 알고 있었다. 책이라면 라면 받침이나 수업 시간에 딴짓을 하기 위한 방패막이 이상의 쓰임이라고는 모르던 성혁이었다. 그런 성혁이 3학년이 되어 문예부에 들었다는 건 해가 서쪽에서 뜨는 거나 다름없었다.

"꿍꿍이라뇨? 선생님이 모르셔서 그렇지 전 원래 책 좋아하거든요? 보세요, 이것도 제 책이거든요?"

결정적 증거라도 되는 듯이 성혁은 도서관 넘버링 스티커가 붙어 있지 않은 것을 확인시키려 책을 앞뒤로 돌려 보였다. 담임 선생님의 표정이 마술이라도 보는 어린아이의 얼굴처럼 변해서 성혁은 그게 더 기분 나빴다. 내가 책을 보는 게 그렇게 신기해할 일이냐고!

"그래, 내가 잘못했다. 근데 청소 다 끝났으면 이제 집에 가자꾸나, 이 책벌레 같은 놈아."

비꼬는 소리라는 것은 충분히 알고 있었지만 더 길어질까 봐 성혁은 말대답을 하지 않았다. 성혁은 손에 든 책을 적당히 서가에 올려놓으려 했다. 하지만 담임 선생님이 장승처럼 서서 성혁이 나오길 기다리고 있었다. 내 책이라고 큰소리쳐 놓고 그 앞에서 버리고 나올 수는 없었다. 테이블에 올려 두었던 책가방에 대충 책을 쑤셔 넣고 나왔다.

집으로 가는 동안, 도서관에서 주운 책에 대해서는 별생각이 들지 않았다. 가볍게 다녔던 가방 속에 들어 있는 책 한 권이 귀찮아져서 버릴까 생각도 했지만 그러지 않았다. 내일 학교에 들고 가 친구 녀석들을 속여 볼까 하는 생각이 들었기 때문이다. 빨간색 표지에 관심을 가졌던 자신처럼 친구 녀석들에게도 야릇한 뉘앙스로 이 책이 뭔지 아냐고 하면 번득이는 눈을 떼지 못할 것이었다.

현관문을 열었을 때 집은 적막했다. 성혁의 방은 현관 입구에서 가장 가까운 방이다. 현관에서 정면으로는 화장실이 있고 오른쪽에 부엌이 있다. 신발을 벗고 거실로 올라간 성혁은 냉장고에 있던 오렌지주스가 떠올라 부엌으로 가려다가 말고 자신의 방문을 조용히 열었다. 부엌 바로 옆에 있는 방은 아빠의 작업실이다. 소설가인 아빠는 집을 거의 비우지 않는다. 대신 작업실로 출근해 온종일 나오지 않았다. 아빠가 집에 있지만 성혁은 굳이 인사를 하러 가지 않는다. 괜히 노크를 했다가 아빠의 아이디어가 날아가기라도 한다면, 그날은 비위를 맞추느라 설설 기어야 한다. 아빠가 작업실에서 나올 때까지 그 어떤 소리로도 방해해서는 안 된다. 아이디어라는 게 살얼음 같은 데에 들어 있기라도 한 모양이다. 조금만 금이 가면 확 새어 버려 다시 돌아오지 않는 것 같았다. 저런 예민한 남자와 도대체 왜 결혼을 한 건지 성혁은 가끔 엄마가 이해되지 않았다.

방에 들어가 평소처럼 가방을 책상 위에 집어 던졌다. 그러고는 핸드폰을 꺼내 침대 위에 벌러덩 드러누웠다. 그 자세 그대로 한참이나 친구들의 페이스북에 달아도 그만, 안 달아도 그만인 댓글을 달고 좋아요를 눌렀다.

'집에 갔으면 교복 갈아입고 책 읽어. 게임은 하지 말고. 아빠 게임 싫어하는 거 알지?'

침대 위에서 뒹굴뒹굴하던 성혁은 엄마가 보낸 문자에 짜증스러운 신음을 뱉으며 베개에 얼굴을 파묻었다. 아빠는 시끄럽게 구는 것도 싫어했고, 인사를 하는 것도 싫어했고, 작업실에 들어오는 것도 싫어했고, 자신의 물건을 만지는 것도 싫어했다. 게임은 싫어하는 많은 것 중 하나였다. 싫은 게 왜 그렇게 많은지 모를 일이었다.

성혁은 이맛살을 찌푸리며 침대에서 몸을 일으켰다. 어쨌거나 아빠의 눈에 띄기 전에 교복을 갈아입는 것이 좋을 것 같았다. 잔소리 폭풍보다는 잠깐의 귀찮음이 훨씬 이기기 편한 것을 알고 있었다.

무엇보다, 아빠의 심기를 거슬러서는 안 되는 이유가 성혁에게는 있었다.

교복을 갈아입은 뒤 아무렇게나 던져 놓았던 가방을 집어 들었다. 가방을 열고 별생각 없이 안에 들어 있는 책들을 꺼냈다. 학교에 다녀와서 가방 한 번 열어 보지 않는 것은 아빠가 싫어하는 또 하나의 일이었다. 공부를 안 한다는 반증이라고 했던가. 일단 다시 넣더라도 책을 꺼내 본 척이라도 해야 했다.

툭.

몇 권 되지도 않는 교과서를 꺼내는 성혁의 짜증스러운 손길에 뭔가가 가방에서 떨어지며 소리를 냈다. 빨간 책이었다.

'에이, 귀찮아.'

바닥에 떨어진 빨간 책을 흘깃 본 후 성혁은 가방에서 책을 마저 꺼냈다. 그러고는 무심결에 교과서를 휘릭 넘겨 보았다. 성혁은 자신의 눈을 의심했다. 수학 교과서가, 오늘 2교시에 베고 잘 때만 해도 멀쩡했던 수학 교과서가 완전 백지가 되어 있었다. 글자가 한 자도 남아 있지 않았다.

반사적으로 성혁의 눈이 빨간 책으로 향했다. 바닥에 떨어질 때의 충격으로 빨간 책은 활짝 펼쳐져 있었다. 글자가 마구 겹쳐져 있는 그 책은 처음 볼 때보다 더 까매진 것 같았다.

* * *

밤 열한 시가 되자 성윤이 학원에서 돌아왔다. 학원을 전혀 다니지 않는 성혁과는 달리 성윤은 스스로가 원해 학원을 다니고 있었다. 같은 학년에서 매번 다섯 손가락 안에 드는 성적을 자랑하는 성윤다웠다. 엄마는 성윤이 돌아올 때까지 잠자리에 들지 않고 부엌에서 기다렸다. 가끔 성윤이 출출해하는 날이면 조금도 주저 없이 프라이팬을 달궜다. 성혁은, 엄마의 눈에 띄지 않는 것이 그나마 착한 아들 노릇을 하는 셈이었다.

오늘은 성윤이 출출하지 않은 것 같았다. 엄마를 안심시킨 뒤 거실의 불을 끄고 제 방에 들어가는 소리가 들렸다. 성혁은 재빨리 방을 나와 성윤의 방문을 열었다.

“뭐 하는 거야, 이 변태가!”

성혁은 자신을 향해 날아드는 양말짝을 반사적으로 내쳤다. 성윤이 씩씩거리며 성혁을 노려봤다. 다행히 교복을 벗은 상태는 아니었지만, 노크도 없이 들어오는 오빠 성혁이 짜증 난다는 얼굴이었다.

성혁이 말했다.

“드디어 이 오빠가 위기를 타계할 방법을 찾아냈단다, 동생아.”

위기. 오늘 종일 성혁의 머리가 복잡했던 이유이기도 했다. 이 책이 자신의 손에 들어온 것은 하늘이 도운 것이라는 생각까지 들었다. 하늘이 내린 굿 타이밍. 그것 말고는 달리 설명할 방도가 없었다.

성혁의 손에는 오늘 주운 빨간 책이 들려 있었다. 성윤이 책과 성혁의 자신만만한 얼굴을 번갈아 보았다.

"19?"

19금을 다룬 책이냐는 물음이었다. 성혁은 기가 막힌 숨을 터뜨렸다. 아무리 머리가 좋아도 생각하는 것은 자신과 별반 다르지 않았다. 이럴 때 피는 못 속인다는 말을 쓰나 보다. 성윤만을 좋아하는 엄마가 이런 딸의 정체를 알고는 있을까 싶었다.

"이건 바로 글자를 뺏는 책이다!"

"정신을 뺏는 게 아니고?"

고개를 절레절레 흔들며 성윤이 검지 끝을 제 귓가에 대고 뱅뱅 돌렸다. 성혁이 미친 것처럼 보이는 모양이었다.

"얘가, 얘가. 오빠 진지한데."

"동생 피곤한데."

"이거 안 보면 평생 후회할 텐데."

"오빠 보는 게 더 평생 후회할 것 같은데."

"이게 너와 나의 목숨을 살려 줄 유일한 기회라는 것만 알아 둬."

그렇게 말한 순간 성윤의 얼굴이 굳었다. 장난이 아니라는 것을 이제야 알아챈 모양이었다.

"잘 봐."

성혁은 책장에서 성윤의 책 한 권을 빼내 들었다. 책장에 꽂았을 때 그럴싸해 보인다고 샀지만, 읽느라 죽을 똥 싸겠다고 던져 두었던 두꺼운 과학책이었다. 성혁은 성윤의 눈앞에서 그 책을 후루룩 넘겨 보였다. 까만 글자들이 성윤의 눈앞을 지나갔다.

"뭐하는 거야."

"조용히 좀 보라고."

경고를 날린 성혁이 이번에는 빨간 책을 꺼냈다. 그러고는 어린 시절 TV 속에서 그의 눈을 사로잡았던 마술사가 "어린이 여러분, 여길 보세요, 수리 수리 마수리!" 하고 외쳤을 때처럼 빨간 책을 든 손을 크게 돌렸다. 뒤이어 퍽, 과학책을 두드렸다.

방 안이 조용해졌다.

"치매야?"

성윤이 인상을 썼다. 성혁은 아랑곳 않고 보란 듯이 과학책을 펼쳤다. 성혁의 예상대로 책 안의 모든 글자가 이미 사라져 있었다. 남은 것은 흰색 종이뿐이었다. 성윤의 눈이 휘둥그레졌다.

"이게 얼마짜리 책인데!"

성혁이 발끈했다.

"지금 그게 중요하냐! 글자 사라진 거 안 보여?"

"보여. 보이니까 빨리 되돌려 놔. 요새 조용하다 했더니 또 헛짓하고 돌아다니는구나."

성윤은 성혁이 마술이라도 부리는 줄 아는 모양이었다. 그러니까 눈속임이 있다고 생각하는 것이다. 하지만 그렇게 생각하면 완전 오산이다.

“돌릴 수 없어. 이건 글자를 뺏어 버리는 책이니까.”

“뭐래.”

성윤이 성혁의 손에서 빨간 책을 휙 빼앗아 갔다. 성혁은 그대로 내버려 두었다. 성윤이 책을 이리저리 펼쳐 보더니 책장에 대고 툭툭 쳤다. 그러다 책장에 꽂혀 있던 성윤의 일본어 서적과 빨간 책의 끄트머리가 부딪쳤다. 요즘 세상에 3개 국어는 할 줄 알아야 한다며 성윤이 독학하던 책이 었다.

“쯧쯧, 넌 지금 일본어책을 공중에 날린 거나 다름없어.”

성혁이 일본어책을 빼서 자신만만하게 성윤의 앞에 내밀었다. 성윤은 미간을 찌푸린 채로 일본어책을 내려다보다가 건네받았다. 말도 안 된다는 듯한 표정으로 책을 열어 보던 성윤의 눈이 휘둥그레졌다. 성혁이 어깨를 으쓱였다.

“봤지?”

“이게 어떻게 된 거야?”

“글자를 뺏는 책이라니까?”

“내 눈이 잘못됐나?”

“나 누구랑 말하니?”

“이거 레알이야?”

“레알 찐이야.”

“그래서 뭘 어떻게 한다고?”

“당연하잖아. 그걸 백지로 만들어 버릴 거야.”

대단한 비밀이라도 말하는 듯 성혁이 목소리를 낮췄다.

"천잰데?"

"내일 아침이 되면 너나 나나 재미없는 일이 벌어질 거잖아."

"말은 똑바로 해. 난 '혹시 모를 일'이지만, 오빠는 떼어 놓은 당상이잖아."

성혁의 입술 끝이 씰룩였다. 선을 긋는 성윤의 태도는 마음에 안 들지만 틀린 소리는 아니었다. 일이 잘못되면 성윤은 크게 혼나는 선에서 끝나지만 자신은 다르다. 최악의 경우 요단강을 건너야 할 수도 있다. 그건 안 되는 일이다. 아직 중학생이다. 꽃다운 나이에, 그것도 좋아하는 여자를 두고 세상을 하직할 수는 없는 일이다.

"암튼 기회는 오늘밖에 없어. 학교에 숨어들겠어."

그때였다. 성윤이 말했다.

"오빠는 정말 생각이 짧아서 탈이야."

지금 성혁이 하려는 일은 성공할 경우, 교무실에 난리가 날 일이었다. 문제가 생겼다는 걸 알아챈 즉시 학교 측은 당연히 CCTV를 돌려 볼 것이다. 아무리 얼굴을 가리고 들어간다고 해도 당연히 남학생들이 용의 선상에 오를 것이다. 하지만 여자 교복을 입고 있다면 처음부터 용의 선상에서 성혁은 빠지게 된다.

그것이 오늘 성혁이 여장을 감행한 이유였다.

* * *

모든 것의 시작은 책 때문이라고 했지만, 양심에 손을 얹고 말한다면 문제의 근원은 성혁 본인 때문이었다. 더 정확히는 남자의 순정 때문이랄까.

지혜가 전학을 온 것은 올해 초였다. 3학년이 전학을 오는 경우는 흔치 않다. 담임은 지혜가 공무원인 아빠 때문에 불가피하게 전학을 온 것이라고 소개했다. 자신의 이름을 또박또박 말하는 지혜의 목소리와 동시에 성혁은 종소리를 들었다.

댕. 댕. 댕.

그것은 운명의 종소리였다. 소개를 마친 뒤 쑥스럽게 웃는 지혜의 뒤에서 후광이 뻗어 나와 성혁의 눈을 찔렀다. 성혁은 자신도 모르게 왼쪽 가슴에 손을 올렸다. 열여섯 살이 되도록 몰랐는데, 그때 처음으로 절절히 깨달았다. 자신의 심장이 뛰고 있다는 것을.

밀가루로 반죽해 빚은 듯 뽀얀 피부, 커다란 눈에 박힌 검은 눈동자, 붉고 도톰한 입술, 적당한 키, 가느다란 몸, 찰랑거리는 머릿결. 지혜는 성혁의 꿈에서 끌고 나온 사람처럼 보였다. 두근두근 뛰는 심장을 억누르며 성혁은 두 자리 건너에 앉는 지혜를 바라보았다. 쉬는 시간이 되자 지혜의 주변으로 여자아이들이 몰렸다. 점심시간이 될 무렵엔 이미 지혜에게 많은 친구들이 생겼다. 다른 남자아이들이 지혜를 자꾸만 흘깃거리는 것 같아 불안했지만, 지혜에게 어떻게 말을 건네야 할지 알 수가 없었다. 그런데 의외로 먼저 말을 건넨 것은 지혜였다.

"성이 초씨야? 그거 되게 희귀 성인데, 실제로 보다니 신기하다."

성이 '초'라고 하면 보통 '최'가 아니냐고 하고, 다음으로는 그런 성이 있냐고 묻는 것이 보통이었다.

"초씨를 알아?"

"내가 좋아하는 작가도 초씨거든. 초준민."

성혁은 눈을 커다랗게 떴다.

"그거 우리 아빤데."

아빠의 이름이 이런 상황에서 나올 줄 성혁은 상상해 본 적이 없었다. 아빠가 소설가라는 것은 성혁에게 자랑거리가 아니었다. 기안84나 윤태호처럼 이름만 들어도 알 만한 웹툰 작가도 아니었고, 김영하처럼 TV에 많이 나오는 작가도 아니었다. 웬만한 사람들은 이름도 모르는, 그런 사람이 자신의 아빠였다. 아빠가 작가라고 하면 사람들은 호기심 어린 눈초리로 이름을 물었지만, 초준민이라는 이름을 듣고 나서는 항상 고개를 갸웃거리며 어색하게 웃었다. 처음 들어 본 이름인 것이다. 그런 반응이 싫어 평소에 성혁은 아빠의 직업을 말하지 않았다. 엄마는 아빠가 문단에서는 꽤 자리를 잡은 사람이라고 했지만, 성혁은 '그들만의 리그'라고 생각했다. 그저 밥을 굶기지는 않아서 다행이라고 생각할 뿐. 그런 아빠의 이름이 이런 순간에 나오다니, 밥을 굶기지 않는 것 이외에도 아빠가 도움이 될 때가 있다는 것이 믿기지가 않았다.

"정말? 우아, 너무 신기해!"

지혜는 홍조 띤 얼굴로 자신이 좋아하는 작품들을 열거해 나갔다. 거실 장식장에 꽂혀 있었던 것도 같았지만, 성혁이 읽어 본 적은 없었다. 하지만 그 모든 작품을 읽어 봤다는 듯 성혁은 시종일관 겸손한 미소를 지으며 지혜의 말을 들어 주었다.

"성혁아, 나랑 같이 문예부 들어갈래?"

지혜가 이 말을 한 것은 며칠 지나지 않아서였다. 성혁이 다니고 있는 은파중학교는 1인 1취미 갖기 운동을 하고 있었다. 그 일환으로 동아리 활동이 활발했다. 많은 아이들이 동아리에 가입되어 있었다. 학기 초마다 아이들은 동아리를 정하느라 들떴지만 성혁은 별로 관심이 없었다.

"나 전에 학교에서도 문예부 들었거든. 근데 여기선 아는 애도 없고……. 너도 문학 좋아하지?"

초롱초롱 빛나는 지혜의 눈을 보며 완전 싫어한다고 진심을 말하는 것은 죄를 짓는 것만 같았다.

"그, 그럼. 완전 좋아하지."

문예부는 처음엔 거의 자율 활동이나 다름없었다. 글을 쓰고 싶은 아이들은 글을 쓰고 책을 읽고 싶은 아이들은 원하는 책을 가져와 읽을 수 있었다. 성혁은 책을 읽었다. 아니, 읽는 척했다. 한여름에 독서라니. 불쾌지수만 올릴 뿐이라고 생각해 왔던 성혁이다. 억지로 책을 펴고 앉는다고 눈에 들어올 리가 없었다. 고역이었지만 문예부 덕분에 지혜와 가깝게 지낼 수 있는 것이 좋았다. 하지만 상황은 2학기에 접어들면서 완전히 바뀌었다.

문예부 고문인 국어 선생님이 2학기부터는 활동을 합평 형태로 바꾸겠다고 선언했다. 문예부인 만큼 짧은 단편이라도 글을 쓰고 발표해 서로의 의견을 나누자는 것이었다. 모든 아이들이 찬성했다. 그 '모든 아이들'엔 성혁도 포함되었다. 지혜가 찬성하는 일을 성혁이 나서서 반대할 수는 없었다. 문제는 지혜의 기대가 성혁에게로 뻗었다는 것이었다. 작가의 아들이니 엄청난 글을 써 올 거라는 착각을 하는 것이다.

선생님의 자식은 공부를 잘하고, 의사 집안에서는 의사가 태어난다. 이 얼마나 우매한 선입견인가. 선생님의 자식도 문제아가 될 수 있고, 의사 집안에서도 아웃사이더가 있을 수 있다. 작가의 자식이라 글을 잘 쓸 거라니. 이래서 아빠의 직업을 말하고 싶지 않았던 거다.

발표 하루 전까지 성혁은 단 한 줄도 글을 쓸 수가 없었다. 어떤 문장을 써도 책을 많이 읽은 지혜 앞에서는 유치하게 보일 것 같았다. 꼴사나운 모습을 보이기는 싫었다. 어깨를 축 늘어트리고 집으로 돌아갔을 때 성혁의 눈에 들어온 것은 아빠의 방에서 나오고 있던 성윤이었다. 성윤은 성혁을 맞닥트리자 어깨를 흠칫 떨었다.

아빠의 방은 출입 금지 구역이었다. 대략 5년 전, 성윤과 장난을 치다 아빠의 노트북을 떨어트린 일이 발단이 되었다. 노트북이 완전히 고장이 나 버렸는데 그 일을 기점으로 아빠는 방문에 도어락을 설치했다. 그렇잖아도 자신의 방에 누가 들어오는 것을 끔찍이 싫어하던 아빠였다. 방 안에 가득한 메모들과 원고를 누가 보는 걸 싫어했다. 글을 보여 주는 직업을 갖고 있으면서 남이 보는 게 싫다니, 이

해가 가지 않았다. 어쨌거나 아빠는 노트북 사건을 핑계 삼아 작업실에 출입 금지를 시켰다. 그런데 성윤이 그 방에서 나오다니, 아빠가 알면 혈압 약을 복용할 일이었다.

"BTS 콘서트 예매해야 하는데 좀 부족하거든."

그게 무슨 소린가 싶었는데, 결국은 돈이 부족해 아빠의 작업실에 쌓여 있는 책들 중 고가의 절판본을 훔쳐다 팔 거라는 얘기였다. 아빠의 작업실 책장은 완전히 포화 상태였다. 두 겹씩 쌓아 올리고도 부족해 책장 위와 바닥까지 책들이 점령해 있었다. 그 사이에서 한두 권쯤 빼내 봐야 모를 것은 확실했다.

비밀번호는 어떻게 알았냐고 묻자 성윤은 자신만만하게 자신의 귀를 가리켰다. 번호를 누르는 음만 들으면 알 수 있다고 했다. 그러라고 아빠가 어렸을 적부터 피아노를 가르친 것은 아닐 터였다.

"영악한 계집."

다음 순서는 성혁이 이 사실을 빌미로 협박해 성윤의 용돈을 갈취하는 것이었다. 하지만 성혁의 고민을 알게 된 성윤이 상황을 반전시켰다. 바로 아빠의 소설을 훔쳐다가 제출하라는 것이었다. 컴퓨터에서 원고를 출력해 빼낸다고 해도 흔적이 남는 건 아니다. 합평만 하고 버리면 된다. 지혜의 기대를 채우면서도 아빠에게는 아무런 피해도 없다. 모든 것이 해피 엔딩이다. 성윤은 아빠의 원고를 빼내 성혁의 손에 쥐어 주었다. 공범이라는 타이틀을 씌우기 위한 성윤의 작전임을 알면서도 성혁은 매력적인 제안을 거부할 수가 없었다. 결국 독이 든 성배를 받아 들었다.

아빠의 소설은 〈붉은 가위〉라는 단편 소설이었다. 도축업자 장대산이 길거리에서 출산하는 임산부의 탯줄을 자른 이후로 살생을 하지 못하게 되면서 벌어지는 이야기였다. 처음 읽어 본 성혁의 감상은 이랬다.

'뭐라는 거야.'

하지만 지혜는 달랐다. 시종일관 양손을 가슴에 그러모으고 입이 마르도록 감탄을 쏟아 냈다. 감탄한 것은 지혜만이 아니었다. 국어 선생님이 탄성을 터뜨렸다. 이건 중학생이 쓸 수 있는 소설이 아니라며 발표되는 즉시 문단에 큰 반향을 일으킬 거라고 했다. 성혁은 우쭐했다. 그러나 거기까지였다.

잔뜩 흥분한 국어 선생님이 가지고 온 포스터 한 장이 성혁을 지옥에 던져 넣었다. 은파문학상. 마감이 이틀밖에 남지 않은 공모전이었다. 국어 선생님은 거기에 작품을 출품하자고 했다. 거절해야 했다. 하지만 너무나 자랑스럽다고 말하는 지혜 앞에서 차마 그럴 수 없었다. 국어 선생님은 내일 우체국이 여는 즉시 자신이 원고를 발송하겠다며 신이 나서 교무실로 돌아갔다. 성혁은 사정을 설명하려고 선생님 뒤를 몰래 따라갔지만 선생님은 이미 서랍에 원고를 넣고 열쇠로 잠근 뒤였다. 어느샌가 따라온 지혜 때문에 우물쭈물하는 사이 선생님은 퇴근길에 올랐다. 하굣길에 신이 난 지혜의 입이 크게 벌어졌다. 수상하게 되면 축하 선물을 주겠다고 했다. 성혁은 웃을 수도, 울 수도 없었다.

아빠가 그 공모전의 심사 위원이었다.

발등에 불이 떨어지는 순간이었다.

* * *

밤에 보는 학교 정경은 그동안 보아 왔던 것과는 또 다른 얼굴을 하고 있었다. 학교 앞의 가게들은 모두 문을 닫았고, 간간이 주택에서 나오는 불빛만 보였다. 벌겋게 비추는 가로등 불빛이 오히려 더 스산하게 느껴졌다. 학교는 어두울 때나 밝을 때나 괜한 공포를 느끼게 한다. 그래도 심사 위원인 아빠의 손에 본인의 원고가 들어가는 것보다는 덜한 공포다. 성혁은 학교 앞으로 나아갔다.

물론 정문은 굳게 닫혀 있었다. 정문으로 들어갈 생각은 애초에 하지 않았다. 학교에는 곳곳에 CCTV가 설치되어 있다. 물론 정문도 포함이다. 그렇다고 해도 들어갈 구멍이 없는 것은 아니었다.

그동안 선생님의 속을 참으로 많이 썩여 왔다. 그 노력이 이제야 빛을 본다 싶었다. 무슨 말이냐면, 수업 시간에 몰래 나와 여자 아이돌 그룹 비아이프릴의 팬미팅에 참석하거나 선착순 굿즈를 사러 갈 때가 있었다. 중요한 것은 그때마다 이른바 불량 청소년들의 흡연을 목도했다는 것이다. 경비 아저씨가 근무하는 내내 보고 있는 CCTV 아래에서 그들이 담배를 피울 리는 없다. 그렇다는 것은 결국 그곳이 CCTV 사각지대라는 것이었다.

'난 참 머리가 좋아.'

성혁은 속으로 자화자찬했다. 곧 '잔머리는 남 못지않은데, 거참.'

하는 생각이 들면서 입맛이 써졌다. 글만 잘 썼다면 아무리 빨간 책을 손에 쥐었다고 해도 이렇게 어두운 시간, 학교에 숨어들 필요는 없을 텐데 말이다. 하지만 이번 생은 이미 망했다. 벌어지지도 않은 일을 생각하는 것은 쓸모없다. 이왕 나쁜 머리로 태어났으니 스스로 개척해 나가지 않으면 안 된다.

준비는 모두 끝났다. 성혁은 이 시간을 위해 수차례의 이미지 트레이닝을 거쳤다. 혹시 발생할지 모르는 불상사를 대비하기 위해 성윤과 연습도 해 보았다. 서랍을 두드리기만 해도 안에 들어 있는 글자가 모두 사라질지 불명확했기 때문이다. 실험은 성공적이었다.

선생님의 서랍 안에는 무척 중요한 서류들이 많을 것 같았다. 하얗게 변해 버린 서류들을 보며 선생님은 누군가 서류를 백지로 바꿔치기 했다고 생각할지 모른다. 하지만 CCTV를 봐도 소용없다. 여장을 한 성혁을 알아보는 것은 불가능에 가까울 터였다.

인적 없는 학교 앞길을 걸어 바로 정문 근처까지 다가갔을 때였다.

"학생."

누군가 부르는 소리에 성혁은 어깨를 움찔했다. 반사적으로 걸음을 멈추고 슬쩍 고개만 돌려 뒤를 보았다. 골목길의 어둠 속에서 한 남자가 불쑥 걸어 나왔다. 그는 한 손을 성혁에게로 뻗은 채 천천히 다가왔다. 남자의 걸음이 눈에 띄게 비틀거렸다.

"늦은 밤에 예쁜 학생이 혼자 다니면 안 되지. 오빠가 데려다줄게, 응?"

오빠는커녕 2대에 걸쳐 과속을 했다면 할아버지뻘일 수도 있는 남자였다. 성혁은 남자의 손을 피해 벽 쪽으로 몸을 붙였다. 대화를 나누기라도 하면 남자라는 것을 들킬 수도 있었다.

눈에 띄게 피해서일까. 남자가 돌연 걸음을 멈추더니 눈을 가늘게 떴다. 그는 눈 깜짝할 사이에 다가와 성혁의 팔을 잡아챘다.

"위험할까 봐 데려다주겠다는데 그 얼굴은 뭐야? 지금 날 무시하는 거야, 엉?"

하늘로 뻗는 그의 언성만큼이나 강한 술 냄새가 풍겨 왔다. 남자의 손아귀 힘은 생각보다 셌다. 잡힌 손목을 빼기가 쉽지 않았다.

"뭐야, 이거?"

남자가 미간을 찌푸리더니 자신이 잡고 있는 성혁의 손목을 내려다보았다. 성혁은 심장이 쿵 내려앉았다. 아버지에게 물려받은 통뼈는 아무리 잘 봐줘도 여자라고는 생각될 수 없는 것이었다. 남자가 뭔가 이상함을 눈치챈 것인지도 몰랐다. 자신의 앞에는 중요한 과업이 있었다. 이런 데서 일을 그르칠 수는 없었다. 남자에게는 안타깝지만, 성혁은 자기 몸을 지킬 정도의 힘은 가지고 있었다. 초등학교 때는 다 잘한다는 공부를 특출하게 못했기에 어려서부터 엄마가 태권도며 검도 학원을 보낸 덕분이었다. "제 한 몸 지킬 줄 알면 인간구실 정도는 하고 살겠지."라면서 말이다. 엄마도 이런 상황에 쓰일 줄은 몰랐겠지만.

성혁은 순간적인 힘으로 자신의 팔을 잡아당겼다. 예상치 못한 일인지 남자가 그의 손을 놓쳤다. 손이 자유로워진 성혁은 그 순간을 놓치지 않았다. 온 힘을 다해 남자의 어깨를 밀쳤다.

"어이쿠!"

중심을 잃은 남자가 뒤로 벌러덩 넘어졌다. 그는 뒤집힌 벌레처럼 양팔과 다리를 하늘을 향해 뻗으며 입을 벌렸다. 남자가 잠시 동안 움직이지 않아서 혹시 기절이라도 한 걸까 주시했지만 남자는 곧 바닥을 구르며 앓는 소리를 냈다. 다치지는 않았지만 순식간에 벌어진 일이라 놀란 것 같았다.

성혁은 남자가 무사한 것을 확인하고 얼른 몸을 돌려 학교로 향했다. 이 정도면 좋게 봐준 거다. 평소 같았으면 반쯤 죽여 놨을지도 모른다. 하지만 지금은 상황이 다르다. 문제가 커지면 재미없다. 괜히 소란을 피웠다가는 인근 주민이 신고할 수도 있었다. 출동한 경찰에게 여장한 꼴로 진술할 생각을 하니 정신이 아찔해졌다. 이런 작은 문제로 일을 그르칠 수는 없다.

성혁은 남자를 뒤로하고 학교 쪽으로 발걸음을 서둘렀다. 남자가 뭐라 뭐라 소리치기는 했지만 관심을 가질 여유가 없었다.

학교에 다다라 철문 안쪽을 살폈다. 정문 앞에 설치된 작은 컨테이너 건물이 경비실이었다. 문은 닫혀 있었다. 안에서 빛이 새어 나오고 있긴 했지만 인기척은 들리지 않았다. 발걸음을 옮겨 가며 목을 길게 빼고 창문을 통해 안을 들여다보았다. 아무도 없었다.

'학교 앞에 취객이 돌아다니는 이때에 경비실을 비우다니.'

하지만 그건 그에게 호재였다. 성혁은 신나게 학교 벽을 따라 아래로 내려갔다. 이미 동선은 그의 머릿속에 정확히 들어 있었다.

CCTV가 비추지 않는 구역의 담을 타 넘을 계획이었다. 성혁의 키보다 훨씬 높은 벽이었지만 그 정도는 장애물도 아니었다. 그동안 숱하게 타 넘은 담 넘기 경력이 그를 웃게 했다.

성혁은 뒷걸음쳐 벽에서 조금 떨어졌다. 그러고는 단숨에 달려 벽 앞에서 도약했다. 척, 손이 벽의 꼭대기를 잡았다. 몸을 끌어올리는 팔의 힘과 몸을 받쳐 주는 다리의 힘 그리고 노련함, 이 삼박자를 이용해 담을 넘었다. 몸이 철퍼덕 바닥에 떨어지긴 했지만, 큰 소리가 나도 달려오는 사람은 없었다.

'쯧쯧. 경비가 이렇게 허술해서야.'

성혁은 어깨를 으쓱거리며 손바닥을 털었다. 그러고는 무릎을 굽힌 낮은 자세로 사방을 경계하며 운동장 안으로 들어섰다.

'긴장감 쩐다.'

엄마 몰래 하던 MMORPG 게임 속 주인공이 된 기분이었다. 성혁은 그 어느 때보다 집중하고 있었다. 그래서였다. 성혁은 자신의 뒤에서 벽을 타고 스멀스멀 기어오르는 남자의 존재를 눈치채지 못했다. 물론 그가 조금 전 자신이 때려눕힌 그 남자라는 것도.

"감히 날 무시하고 깔보다니. 사장이건 누구건 아무도 용서하지 않을 거야."

그렇게 중얼거리는 것도 말이다.

* * *

본관 건물이 열려 있을 거라는 확신은 없었다. 열려 있지 않아도 뭔가 방법이 있겠다 싶었다. 더운 날이었다. 매일같이 창문을 열어 두는 교실은 거의 전부라고 봐도 무방했다. 저녁에는 당연히 창문까지 닫지만 잠금장치를 안 한 곳이 나올 가능성은 충분했다. 굳이 교무실이 아니더라도 적어도 한 곳은 잠기지 않은 창문이 존재할 거라고 생각했다. 운이 좋으면 1층에서 찾을 수 있겠지만 2층이라고 해도 좋았다. 그 정도는 충분히 기어오를 자신이 있다.

그런데 본관 출입문이 열려 있었다. 강화 유리로 만든 출입문에 손을 대자 힘없이 밀렸다. 어이없게도 모든 것이 순조로웠다. 정말 이래도 되나 싶을 정도로 학교의 경비는 형편없었다. 지금 자신의 입장에서야 땡큐지만.

성혁은 안으로 들어갔다. 학교를 지키고 있는 것은 어둠이었다. 창문을 통해 들어온 어슴푸레한 빛이 복도를 밝히고 있었지만 왠지 그게 더 무서웠다. 완전히 보이지 않는 저 멀리 복도 끝에서 당장이라도 뭔가 튀어나올 것 같았다.

'이 정도로 떨면 안 되지.'

발소리를 죽여 교무실 쪽으로 다가갔다. 운동화를 신은 발에 힘을 잔뜩 주고 최대한 소리가 나지 않게 했다. 나무 바닥이 아니라서 다행이었다. 천천히 교무실 문을 향해 손을 뻗었다. 그때였다.

"거기 누구요?"

심장이 바닥으로 훅 떨어지는 기분이었다. 0.1초의 속도로 성혁의 머릿속을 지나가는 것이 있었다. 경비실이 비어 있다는 것은 경비 아저씨가 어딘가로 갔다는 것. 본관 문이 열려 있다는 것은 경비 아저씨가 열고 들어갔을 가능성이 있다는 것. 성혁은 이를 악물며 후회했다.

'오빠는 정말 생각이 짧아서 탈이야.'

인상을 찌푸리는 성윤의 얼굴이 눈앞에 아른거렸다.

성혁은 반사적으로 문에 붙어 섰다. 문 옆에 툭 튀어나온 기둥이 있었지만 몸을 가리기에는 역부족이었다. 바위틈에 들어가는 문어라도 된 것처럼 몸을 잔뜩 웅크렸다. 숨은 쉬지도 못했다.

다다다다다.

이쪽을 향해 달려오는 소리였다.

'들켰다.'

성혁은 눈을 질끈 감았다. 경비 아저씨에게 끌려가고, 이내 선생님들에 부모님까지 불려 와 질책당하는 상황이 머릿속에 훤히 그려졌다. 어쩌면 경찰서까지 가야 할지도 모른다. 내 인생은 여기서 끝인가, 바이 바이.

그런데 질끈 감은 눈 위로 휙 바람이 불었다. 뭔가 싶어 실눈을 뜨는 순간, 성혁은 경악했다.

'취남(취한 남자)!'

아까의 술 취한 남자가 눈앞을 지나 달려가고 있었고, 경비 아저씨의 몸이 그를 덮치려 점프하는 중이었다. 날아오른 경비 아저씨의 표적은 오로지 취남이었다. 꿈을 꾸고 있는 건 아닌가 싶을 정도로 눈앞의 광경이 슬로 모션처럼 보였다. 순간, 성혁과 취남의 시선이 교차했다.

성혁을 발견한 취남은 찾았다고 외치려는 듯 눈을 크게 떴다. 손을 들어 성혁을 가리키려 하는 것 같았다. '말하면 안 돼!'라고 생각하는 순간 쿠당탕, 큰 소리가 복도를 흔들었다. 육중한 경비 아저씨의 몸이 취남을 덮쳤다.

"꾸아악! 끄억!"

누가 뱉은 것인지 모를 신음 소리가 터져 나왔다. 성혁은 눈을 깜박이며 빨리 몸을 숨겨야 한다고 생각했다. 왜 이런 일이 벌어졌는지, 취남이 왜 여기 있는지 알 수 없었지만, 생각하는 것은 나중 일이었다. 지금 여기서 들킨다면 재미없는 일이 벌어진다.

몸 뒤로 손을 뻗어 소리가 나지 않도록 문을 열었다. 조심하긴 했지만 소리가 나도 들키지는 않을 것이었다. 경비 아저씨는 취남과 한데 엉켜 바닥을 구르고 있었으니까. 문이 열린 틈으로 뒷걸음질해 몸을 밀어 넣었다.

그사이 취남이 일어나려고 다리를 허공에 뻗고 버둥거렸다.

"당신 뭐야? 왜 여기 들어왔어? 내 말 듣고 있는 거야? 미치겠네, 핸드폰은 어딜 간 거야."

경비 아저씨의 고함이 쩌렁쩌렁 울렸다. 경비 아저씨는 핸드폰을 찾는 것 같았다. 조금 전 취남을 향해 날아오를 때 주머니에서 흘러내린 것 같았지만 도와줄 새는 없었다. 성혁은 교무실 안으로 들어간 뒤 문을 닫았다. 지금 중요한 일은 따로 있다.

복도에서 경비 아저씨의 고함이 이어지는 가운데 성혁은 교무실의 어둠에 적응되도록 눈을 가늘게 떴다. 암순응 된 눈이 이곳저곳을 훑었다. 좋은 일이건 아니건 성혁이 자주 오는 곳이니 구조는 확실히 알고 있었다. 성혁은 몇 개의 책상을 지나 국어 선생님의 자리로 갔다.

목표는 책상 하단의 서랍이었다. 혹시 몰라 서랍을 한번 잡아당겨 보았다. 혹시 운 좋게 서랍이 열려 있다면 원고를 가져갈 수 있다. 그것이 최상의 시나리오였다. 하지만 예상대로 서랍은 잠긴 그대로였다.

그렇다면 할 수 없는 일이다. 서랍 속에 있는 모든 종이의 글자를 사라지게 해야 한다. 만약 백지로 만든 것 중에 중요 서류가 있다면 그건 국어 선생님의 운명이라고, 뻔뻔하지만 그렇게 생각하기로 했다.

성혁은 긴장된 얼굴로 상의를 들췄다. 치마를 두른 허리에 빨간 책이 꽂혀 있었다. 성혁은 빨간 책을 빼 높이 들었다. 글자를 빨리 흡수하고 싶은 듯 빨간 책이 혀를 날름거리는 듯한 착각이 들었다.

'그래, 빨리 빼어 가라.'

성혁이 빨간 책을 쥔 손을 서랍 쪽으로 휘두르려 했다. 그때였다.

와장창!

문짝이 부서지며 한데 엉킨 두 남자가 교무실 안쪽으로 떨어졌다.

"뭐야!"

성혁은 자기도 모르게 뒷걸음쳤다. 그러나 교무실에 떨어진 두 남자는 성혁의 존재에 관심을 기울일 여유가 없는 것 같았다. 경비 아저씨가 취남을 제압했다 싶으면 취남이 금세 다시 우위를 차지했다.

두 사람은 쳇바퀴 게임이라도 하는 것처럼 서로의 어깨를 붙잡고 빙글빙글 바닥을 굴렀다.

"이익!"

이번엔 밑에 깔려 있던 취남이 힘을 썼다. 위에 있던 경비 아저씨의 몸이 기우뚱하더니 눈 깜짝할 사이 취남이 아저씨 위에 올라탔다. 취남은 아저씨를 때리려는 듯 주먹 쥔 손을 들어 올렸다. 도와줘야 한다. 성혁이 다급히 앞으로 나선 순간이었다. 경비 아저씨는 숨겨 놨던 힘이라도 발휘하는 것처럼 발을 공중에 차며 상반신을 일으켰다. 그 반동에 취남이 뒤로 벌러덩 나가떨어졌다. 대단한 힘이었다. 하지만 감탄하고 있을 때가 아니라는 걸 성혁은 곧 깨달아야 했다.

"어, 학생은 뭐야!"

경비 아저씨의 외침에 정신을 번뜩 차렸다. 경비 아저씨와 취남이 동시에 성혁을 보고 있었다. 성혁은 한 걸음 뒤로 물러나며 고개를 숙였다. 경비 아저씨에게 자신이 여학생이 아니라는 것을 들켜서는 안 되었다. 손에 들린 빨간 책을 더욱 꽉 움켜쥐었다. 시간이 없다. 성혁은 서랍 쪽으로 고개를 돌렸다. 빨리 일을 마무리하고 여기서 나가야 했다. 손을 번쩍 치켜들었다.

그러나 성혁은 빨간 책을 서랍에 내려치지 못했다. 자신의 발목을 꽉 움켜잡은 손 때문이었다. 시선을 내려 손의 주인을 확인했다. 두 사람 중에 '너만 아니면 돼.' 하고 생각했던 취남이 손의 주인이었다. 취남의 눈이 희번덕거렸다.

"감히 날 무시해?"

"꺅!"

성혁은 비명을 질렀다. 자신이 생각해도 꽤 고음의 소리였다. 옷이 날개라더니 정체성을 여자 쪽으로 날려 보낸 모양이었다. 아주 자연스레 여자의 비명이 나왔다. 성혁의 입장에서는 다행이었다. 남자라는 것을 들켜서는 안 되니까.

성혁의 비명이 경비 아저씨의 학생을 지켜야 한다는 본능을 깨운 것 같았다. 아저씨는 바닥에 널브러진 채로 취남의 발목을 덥석 잡았다. 성혁의 발을 잡은 취남, 취남의 발을 잡은 경비 아저씨까지 기차놀이라도 하는 것 같았다.

취남은 아저씨를 떨쳐 내려 발을 버둥거렸다.

"어딜!"

경비 아저씨가 다른 한 손으로 마저 취남의 발목을 잡았다. 취남은 양쪽 발목을 잡혔지만, 성혁의 발을 놓아줄 생각을 하지 않았다. 대신 온몸을 퍼덕거렸다. 경비 아저씨를 떨쳐 내려는 것 같았다. 그러나 노력이 모두 결과로 이어지지는 않는다. 경비 아저씨는 사력을 다해 취남의 발목을 잡고 있었다. 그러고는 이내 바닥에서 몸을 일으켰다. 순간적으로 경비 아저씨와 성혁의 눈이 마주쳤다. 성혁은 곧 있을 참사를 눈치채고는 자신도 모르게 눈을 질끈 감았다.

"이야아압!"

경비 아저씨가 기합을 외치는 동시에 성혁은 끌려가지 않기 위해 창틀을 꾹 잡으며 발길질을 했다. 갑작스러운 상황에 취남은 성혁의 발목을 놓치고 말았다. 동시에 경비 아저씨의 힘이 그를 당겼다. 취남의 몸이 출입문 쪽으로 질질 끌려갔다.

"으아아아악!"

바닥에 엎드려 끌려가는 순간 취남이 비명을 질렀다. 옷이 들춰지면서 맨살이 바닥에 쓸린 모양이었다.

"학생, 얼른 경찰에 신고 좀……. 뭐 하는 거야?"

물론 신고는 할 것이었다. 하지만 그에게는 중요한 것이 있다. 신고보다 목적 달성이 우선이었다. 들이닥친 경찰이 저 취남을 먼저 잡아야 할지, 여장을 하고 학교에 숨어든 변태를 먼저 잡아야 할지 고민하게 해서는 안 되었다.

일단은 원고부터.

경비 아저씨는 그제야 빨간 책을 들고 선생님의 책상 앞에 서 있는 성혁의 존재가 수상하게 느껴진 것 같았다. 무엇보다 이 시간에 학생이 교무실에 있는 것 자체가 의문스러울 것이다. 경비 아저씨가 바닥에 엎어져서 괴로움에 신음하고 있는 취남을 내버려 두고 성혁에게 다가왔다.

"너 잠깐 이리 와 봐."

경비 아저씨가 걸어오며 성혁을 향해 손을 뻗었다. 성혁은 가차 없이 뒤돌아서 재빨리 서랍을 두드려……야만 했으나 그러지 못했다. 경비 아저씨의 뒤에서 취남이 다시 몸을 일으켰기 때문이었다. 취남은 벌이라도 받는 것처럼 교무실에 있는 철제 의자를 높이 치켜들고 있었다.

"아, 아저씨……."

초점을 알 수 없는 눈이 번득거렸다. 본 적 없는 무서운 얼굴로 취남이 히죽 웃었다. 경비 아저씨는 성혁이 자신의 뒤쪽을 보고 있다는 것을 느꼈는지 고개를 돌리려 했다. 그러나 취남의 의자가 더 빠르게 경비 아저씨의 머리를 쳤다. 어마어마한 굉음이 났다. 경비 아저씨는 비명도 지르지 못한 채 그 자리에 무너지듯 쓰러졌다. 모든 순간이 슬로 모션처럼 보였다.

경비 아저씨가 쓰러진 것을 확인하자 취남은 의기양양한 얼굴로 의자를 집어 던졌다. 의자가 떨어지는 소리가 성혁의 신경을 뒤흔들었지만, 그는 꼼짝할 수 없었다. 이전에 느꼈던 것과는 전혀 다른 공포가 성혁의 발목을 움켜쥐고 있었다. 완전히 변해 버린 얼굴로 자신을 보고 있는 취남의 눈 때문인지도 몰랐다.

몸이 벌벌 떨렸다. 머릿속이 하얗게 변해 버렸다.

취남이 성혁을 향해 걸어왔다. 당당하게 걸어오는 취남은 흡사 개선장군과도 같았다. 그는 성혁의 바로 눈앞까지 다가왔다. 얼굴을 바짝 들이밀고는 코를 킁킁거렸다.

"용서 못 해."

뭔가 행동을 해야 한다는 생각이 들기도 전에 취남이 성혁의 멱살을 잡았다. 피해 보려 했으나 엄청난 힘이었다. 취남이 팔을 하늘로 뻗자 성혁의 발이 조금씩 들리기 시작했다. 졸린 목이 괴로워 신음했지만 취남은 그런 소리가 들리지 않는 것 같았다.

"뭐야, 너 남자잖아. 날 속였어?"

고함을 내지르며 취남이 한 번 더 힘을 썼다. 성혁의 몸이 벽에 쾅 부딪혔다. 어린아이의 손에 잡힌 인형처럼 성혁은 그가 하는 대로 흔들렸다. 통증이 등을 타고 흘렀지만 숨을 쉴 수 없는 게 더 괴로웠다. 정신이 아찔해지면서 눈앞이 휘돌았다.

"놔……. 큭…… 놔!"

막혔던 숨을 일거에 토해 내듯 성혁이 고함을 지르며 팔을 휘둘렀다. 퍽 소리와 함께 빨간 책이 바닥에 뒹굴었다. 손에 들고 있던 책으로 취남의 머리를 때린 모양이었다. 하지만 그 정도는 취남의 힘에 비할 바가 아니었다. 경비 아저씨는 여전히 정신을 잃고 쓰러져 있었다. 성혁은 두려웠다. 자신 때문에 이런 일이 벌어진 것 같았다. 적어도 빨리 신고를 했어야 했다. 눈물이 주르륵 흘러내렸다.

그런데 순간 성혁의 몸이 바닥으로 내려왔다. 그를 움켜쥐고 있던 손에서 힘이 빠진 것이다. 어떻게 된 일이지? 숨을 내쉬며 성혁이 취남을 보았다. 취남의 몸이 어느새 바닥에 무너져 있었다. 그는 힘을 모두 빼앗긴 사람처럼 주저앉은 채로 앞을 향해 푹 고꾸라졌다.

성혁은 한동안 멍했다. 믿을 수 없는 듯 자신의 손을 내려다보았다. 사람을 기절시킬 정도로 그렇게 힘이 셌나? 혹시 몰라 취남의 목 옆에 조심스레 손가락을 대어 보았다. 그 와중에도 취남이 벌떡 일어나 덮치지는 않을까 걱정이 되었지만 그런 일은 벌어지지 않았다. 취남의 목에서 박동이 느껴졌다. 잠깐 기절을 한 것뿐인 듯했다.

더 이상 시간을 지체할 수는 없었다. 성혁은 빨간 책을 들고 서둘러 선생님의 서랍을 내려쳤다. 혹시 일이 잘못될 수도 있다는 생각에 옆면을, 앞면을, 하단을 몇 번이고 내려쳤다. 성혁은 재빨리 책을 펼쳐 보았다. 확실히 학교에 들어오기 전보다 겹쳐진 글씨들이 더 짙어진 것 같았다.

길고 긴 안도의 한숨이 나왔다. 성혁은 아직 정신을 잃고 있는 경비 아저씨와 취남을 번갈아 보았다. 취남은 자업자득이지만 경비 아저씨만큼은 이대로 두고 갈 수 없었다. 성혁은 아랫입술을 질끈 깨물었다가 할 수 없이 교무실에 있는 전화를 집어 들었다. 정신을 차린 취남이 언제 덮칠지 알 수 없었지만, 이 절체절명의 상황에서도 제 핸드폰으로 전화를 걸지 않는 스스로를 칭찬해 주고 싶었다. 핸드폰으로 전화를 걸면 자신이 누구인지 밝혀지기 때문이다. 성혁은 빠르게 112 버튼을 눌렀다.

"거기 112죠?"

여자 목소리를 내는 것은 필수였다.

* * *

"미션 클리어."

성혁이 집에 돌아온 것은 새벽 세 시가 넘어서였다. 교무실을 나와 경찰차가 오기까지 성혁은 복도 쪽에 숨어 있었다. 기절해 있는 경비 아저씨를 잘못 건드렸다가는 뇌진탕에 빠질 수도 있다는 생각이 든 데다, 그렇다고 경비 아저씨를 그냥 두고 나오면 저 취남이 무슨 짓을 저지를지 알 수 없었기 때문이었다. 경찰이 교문 앞으로 진입하는 것을 보고 나서야 성혁은 들어온 대로 CCTV 사각지대를 되짚어 도망쳐 나왔다.

집으로 돌아온 성혁의 몸은 땀으로 흠뻑 젖어 있었다. 다행히 엄마 아빠는 잠드신 것 같았다. 성혁의 부재를 성윤이 적당히 둘러대줬으리라. 발소리를 죽여 방으로 들어가는데 성윤이 따라 들어왔다. 여태껏 자지 않고 기다리고 있는 줄은 몰랐다. 어떻게 됐냐고 물어보는 성윤에게 한동안 인기를 끌었던 드라마 대사를 흉내 내며 말했다.

모든 것은 무(無)로 돌아갔다고.

"오빠가 태어나서 한 일 중에 제일 잘했다."

성윤은 성혁의 어깨를 툭툭 치고는 제 방으로 돌아갔다. 성혁도 마음 편히 깊은 잠에 빠져들었다.

아침이 되자 눈이 번뜩 뜨였다. 푹 자긴 했지만 고작 네 시간뿐이었다. 평소에 비하면 절반도 자지 못했다. 하지만 피로감은 들지 않았다. 오늘따라 빨리 학교에 가고 싶었다.

성혁은 세수를 하기 위해 거실로 나갔다. TV에서 뉴스가 보도되고 있었다. 아빠가 부엌에서 식사를 하며 틀어 놓은 것이었다.

"안녕히 주무셨어요."

"그래. 근데 저거 너희 학교 아니냐?"

인사를 받은 아빠가 손가락으로 TV를 가리켰다. 성혁이 고개를 돌려 TV를 보았다.

"지난 밤, 은파중학교에 불법 침입 및 경비원 폭행 사건이 발생했습니다. 용의자는 인근에 사는 53세의 남자로, 경찰은 목격자의 증언을 토대로 한 달 전 벌어진 80대 노인 묻지마 폭행 사건 범인과 동일 인물이라고 보고 있습니다."

화면 속에서 눈에 익숙한 뒤통수가 보였다. 취남이었다. 그는 경찰의 책상 앞에서 고개를 숙이고 있었다. 기자가 그에게 마이크를 들이밀었다.

"학교엔 왜 들어간 겁니까?"

순간 긴장하지 않았다면 거짓말이다. 여장을 한 남학생에 대한 증언이 나올 거라고 생각했다. 성혁은 아랫입술을 꽉 깨물었다. 그런데 취남의 대답은 그것이 아니었다.

"우어어, 어으어어어어."

성혁의 눈이 휘둥그레졌다.

"현재 용의자는 이상한 소리를 낼 뿐 진술을 하지 않고 있는데요, 경찰은 조사를 회피하기 위한 수단으로 보고 정신과 전문의의 진단을 진행하기로 하는 한편 여죄를 파악하는 데 주력할 방침이라고 밝혔습니다."

정말로 조사를 회피하기 위해 연극을 하는 걸까? 성혁은 아닐 수도 있다는 생각이 들었다. 책은 접촉하는 상대의 글자를 빼앗는다. 책과 부딪히면 책에서 글자를 빼앗는다. 그렇다면 글자를 빼앗긴 사람은 어떻게 될까? 글자가 없으니 언어도 사라지지 않을까? 마치 구석기 시대 사람들처럼 '우가우가' 같은 소리로 의사를 전달하게 되는 게 아닐까?

역시 하늘은 있다.

그 사건에 성혁이 끼어 있는지는 아무도 상상하지 못할 것이다. 게다가 미제로 남을 뻔했던 묻지마 폭행 사건까지 해결되다니 하늘이 도운 셈이다. 자신만 알고 있는 커다란 비밀 때문인지 성혁은 아침도 먹는 둥 마는 둥 하고 등굣길에 나섰다.

학교는 소란했다. 모여 있는 아이들은 모두 지난 밤에 있었던 사건에 살을 붙여 신나게 떠들어 대고 있었다. 성혁이 교실로 들어가자 몇몇 남자아이들이 뉴스를 봤냐며 다가왔다. 성혁은 대충 얼버무리며 책상에 가방을 올려놓고는 다시 교실을 나왔다. 그가 향한 곳은 교무실이었다.

성혁은 복도를 왔다 갔다 하며 교무실 안쪽 상황을 살폈다. 선생님 여럿이 심각한 얼굴로 국어 선생님 책상 옆에 서 있었다. 국어 선생님 서랍은 한껏 열려 있었고, 바닥에는 백지가 쏟아져 나와 있었다. 성혁은 한눈에 그것이 국어 선생님 서랍 안에 들어 있던 서류들과 자신의 원고임을 알아보았다.

성혁의 입가엔 성공의 미소가 드리웠다. 만족감이 온몸을 전율케 했다.

나흘이 지났다. 걱정과는 달리 성혁은 경찰의 주목을 단 한 번도 받지 않았다. 경비 아저씨가 목격자 진술을 했지만 애꿎은 여학생들만 수사 대상에 올랐을 뿐이었다. 경비 아저씨는 경찰의 요청에 따라 학교 여학생 전원의 출석부 사진을 일일이 확인했지만 자신이 목격한 '덩치 크고 어깨가 떡 벌어진' 여학생은 끝내 찾지 못했다. 취남은 유전자 대조를 거쳐 80대 노인 묻지마 폭행 사건의 진범이라는 것이 밝혀졌다.

그사이 성혁은 다시 일상으로 돌아와 있었다. 쉴 새 없이 지혜를 흘깃거렸으며, 지혜의 옆을 맴도는 녀석들에게 날카로운 눈빛을 쏴 주었다. 지혜의 눈길을 사로잡기 위해 가끔은 소설책을 책상 위에 꺼내 놓기도 했다. 여전히 공부는 하지 않았고, 엄마를 속여 타 내는 문제집값을 피시방에 퍼부으면서도 청춘의 미덕이라 여기는 나날이었다. 평화로웠다.

"근데 말이야. 왜 오빠네 동아리 선생님은 별말이 없으셔? 학생 원고가 분실됐으면 사과를 하든가 알려야 하는 게 보통 아냐?"

성윤은 걱정스러운 표정이었다. 솔직히 별 쓸데없는 걱정을 다 한다고 생각했다. 말하면 문제가 된다고 선생님이 판단한 것이리라 생각했다. 어차피 수상이 확실한 것도 아니고, 그냥 내버려 두면 떨어졌겠거니, 생각할 것이다. 잃어버렸다는 얘기를 굳이 해서 문제를 만들 필요는 없다고 생각하는 것이리라.

그러나 그것은 성혁의 오판이었다. 성윤이 말한 것은 소설로 따지면 복선 같은 것이었다. 성혁이 불행의 전조를 피부로 느낀 것은 사건으로부터 나흘 뒤, 문예부로 가던 복도에서였다.

성혁은 처음에는 자신의 눈을 의심했다. 눈을 비벼 봤지만 창밖으로 보이는 것은 아빠가 확실했다. 양손을 날 세우고 운동장을 가로질러 맹렬히 달려오고 있었다. 그것은 일찌감치 중2병을 앓으면서 엄마를 울렸을 때, 분노에 차서 자신을 향해 달려오던 모습 그대로였다.

절대 현실이 되어서는 안 될 어떤 상상이 성혁의 머리를 불안하게 스쳐 지나갔다.

"선생님."

성혁은 마침 동아리실로 다가오던 국어 선생님을 불러 세웠다.

"저, 지난번에 제 단편 원고요……."

"아, 〈붉은 가위〉? 그거 공모전에 냈는데?"

커다란 충격이 성혁의 뒤통수를 강하게 후려쳤다.

"누가 선생님 서류를 다 훔쳐 갔다고 들었는데……."

"어떻게 알았어? 그랬지. 근데 네 원고는 다행히 복사본이 있었어. 사실 나 아는 선배한테 자랑하려고 복사해서 들고 갔었거든. 그거 없었으면 큰일 날 뻔했지. 정말 다행이지?"

"……정말 다행이네요……."

마지막 유언을 남기듯 성혁이 중얼거린 순간, 복도로 진입하는 사람이 있었다. 아빠였다. 마치 먹잇감을 포획하는 한 마리의 맹수와도 같은 모습이었다.

'오빠는 정말 생각이 짧아서 탈이야.'

어디선가 성윤의 혀를 차는 목소리가 들리는 것만 같았다. 성혁은 자신을 향해 달려드는 아빠를 보며 원수 같은 빨간 책을 불태워 버리리라 결심했다. 물론 살아난다면 말이다.

지구가 끝날 때까지 일곱 페이지

문지혁

DAY 1

나는 아빠를 만난 적이 없다.

내가 이렇게 말하면 엄마는 항상 핀잔을 준다. "네가 왜 만난 적이 없어? 아빠가 널 얼마나 예뻐했는데." 그게 다 무슨 소용인지. 어차피 0세에서 3세까지의 기억이 남아 있는 인간은 없다. 내 기억 속에 존재하는 아빠는 없다. 기억나지 않는 걸 존재했다고 말할 수 있을까? 나에겐 그게 사실이다. 그러니까 나에겐 아빠가 없다.

엄마가 가장 두려워하는 건 지구 멸망이다.

스스로 다정하다고 생각하는 엄마는 실제로는 걱정만 많은 타입이다. 다정과 걱정은 한 글자 차이지만 겪어 보면 꽤 다르다. 엄마 말에 따르면 '종이 한 장' 차이라고도 하는데 그 종이가 뭔지 나는 어제까지 몰랐다. 평범한 공무원이면서도 엄마는 늘 자신의 진짜 직업이 시인이라고 했다.

"시인이 뭐야?" 내가 물으면 엄마는 말했다.

"언어라는 우주에서 뭔가를 길어 올리는 사람이지."

"아, 우주 고물상 같은 건가?"

내 대답에 엄마는 정색을 했다.

"민윤채."

성을 붙여서 내 이름을 부른다는 건 엄마가 살짝 열받았다는 뜻이다. 그렇지만 엄마의 저 로맨틱한 감성을 나는 가끔씩 견딜 수가 없다. 추가. 엄마는 다정하고 걱정은 많으면서 상처를 잘 받는 타입이다. 그때 갑자기 밖에서 커다란 소리가 들리고, 뭔가가 번쩍 했다가 어두워진다. 내 글씨도 점저ㅁ 알아보ㄹㅅㅜ업ㅅ게도 ㅣㄴ ㄷ ㅏ.

* * *

조금 지나자 눈이 어둠에 익숙해진다. 글씨는 보이지 않지만 적어도 내가 어떤 글씨를 쓰는지는 느낄 수 있을 정도의 익숙함이다. 어둠 속에서 빛나는 것은 시계뿐이다. 세상은 3시 52분에 어두워졌다가 4시 11분에 다시 밝아진다. 머리 위쪽으로 난 조그마한 창이 다시 빛을 흩뿌린다.

* * *

지금 내가 이걸 쓰고 있는 곳은 화장실이다. 우리 집에서 가장 좁고 어두운 공간. 가뜩이나 집이 넓지도 않은데, 화장실에 들어와 있다니. 어제까지만 해도 나는 전쟁이 날 거라는 엄마의 말을 믿지 않았다.

"창문이 없는 화장실에서 일주일만 버티면 돼. 딱 일주일. 그러면 살아남을 수 있다고."

날이 조금 흐리거나, 뉴스에 나쁜 소식들이 많이 나오거나, 심지어는 기분이 나쁠 때 엄마는 습관처럼 말했다. 사춘기를 지나고 있는 예민한 딸에게 그런 말이 어떤 영향을 줄지에 대해서는 조금도 신경 쓰지 않는 것처럼 보였다. 말로만 그치는 게 아니었다. 엄마는 이 좁은 화장실 선반에다가 참치며 복숭아며 식용 벌레까지 온갖 통조림들을 꽉꽉 채워 놓았다. 방독면과 비상약, 1갤런짜리 물통도 열 개나 넣어 두었다. 여분의 수건과 휴지 넣을 자리가 없을 정도였다.

"엄마, 난 전쟁보다 휴지 없는 게 더 싫다니까?"

유통 기한이 이십 년이나 남은 통조림을 아무리 흔들며 말해도, 엄마는 대꾸도 하지 않았다.

"그리고 어차피 우리 집 화장실엔 창문이 있잖아?"

여전히 묵묵부답.

* * *

"배고프면 복숭아 통조림 하나 꺼내 먹어. 참치는 하루에 하나만 먹고."

"벌레는?"

"엄마가 먹을게. 그리고 벌레 아니고 밀웜이야."

엄마는 몸을 일으켜서 스트레칭 비슷한 걸 했다. 평소 같으면 나한테도 앉아 있지 말고 일어나서 따라 하라고 성화를 부렸겠지만 아쉽게도 여기는 둘이 일어나서 팔을 벌리고 설칠 만큼 충분한 공간이 없었다. 엄마가 앉았다 일어났다 팔을 벌렸다 다리를 오무렸다 하는 동안 나는 욕조에 들어앉아 복숭아 통조림 하나를 꺼내 뚜껑을 열었다. 달큼하고 향긋한 냄새가 났다. 평소라면 디저트용 은색 포크로 콕 찔러 먹었겠지만 지금은 그런 사치를 부릴 여유가 없었다. 손가락으로 복숭아를 집어 입에 넣었다. 상큼하고 달달하면서 아주 조금 비릿한, 익숙한 통조림 복숭아 맛이 났다. 눈을 감으니까 아주 잠깐 이 모든 게 꿈이 아닐까 하는 생각도 들었다. 꿈이라면 좋겠다고 생각했다. 하지만 하나씩 하나씩, 복숭아가 더 이상 집히지 않을 때까지 먹었는데도 꿈은 깨지 않았다. 다 먹고 나자 나는 조금 배가 부르고 기분이 약간 나빠졌다. 엄마는 엄마 운동의 마지막 단계인, 머리를 땅에 붙이고 물구나무서기를 하고 있었다.

전쟁이라니.

지금도 엄마는 말이 없다. 평소 같으면 엄마 말이 맞았다면서 빼길 법도 한데, 그러지 않는다. 엄마는 지금 무슨 생각을 하고 있을까? 엄마도 이 모든 게 꿈이면 좋겠다고 생각할까?

DAY 2

6시 35분.

평소보다 일찍 잠이 깼다. 눈을 뜨니 창문을 통해 들어온 햇빛이 조명처럼 화장실을 환하게 밝히고 있었다.

어제 저녁에는 해가 지면서 어두워지니까 이걸 쓸 수가 없었다. 잠이 들 때까지 엄마랑 이런저런 얘기를 했다. 엄마는 주로 옛날 얘기, 아빠가 있던 시절과 나는 기억나지 않는 내 어린 시절에 관해 말했고, 나는 학교에서 나를 왕따시켰던 애들 욕을 주로 했다. 그러다 대화가 잠시 끊겨 눈을 감았는데, 멀리서 엄마가 "자니?" 하고 묻는 소리가 들렸다. 나는 "아니."라고 말하려 했는데 입이 움직여지지 않았다. 나는 정말 그 순간에 잠이 들어 버린 걸까?

* * *

어쨌든 하루가 그렇게 끝나 버렸고 이제 두 번째 날이다. 전쟁이 일어난 지, 아니, 정확히는 화장실에 갇힌 지. 어제 쓰려다가 못 쓴 내용은 이거다.

엄마가 책을 줬다.

책이라는 걸 모르는 사람은 아마 이 세상에 없을 거다. 수천 년 전 옛날 사람부터 아직 태어나지 않은 아기들까지 모두. 하지만 그중에 책을 정말로 만져 보고, 읽어 보고, 심지어 만들어 본 사람은 몇

이나 될까? 역사 시간에 책에 관해 배우는 내용은 대부분 그런 거다. 인류의 발전에 책이 얼마나 큰 역할을 했는지, 그렇지만 어느 순간 책이 얼마나 나쁜 매체로 전락했는지. 선생님들 말에 따르면 책에서 중요한 건 '정보'고, 그건 지금의 '넷'에 모두 들어 있으니까 더 이상 책은 필요 없다고 했다. 아직까지 책을 갖고 있거나 소유하려는 사람들, 특히 '종이 책'을 보관하고 있는 사람들은 정보의 균등한 배분을 방해하는 반동 세력이라고도 했다. 선생님 중 몇몇은 그 얘기를 할 때 꼭 나를 빤히 쳐다보곤 했다.

안다. 나도 안다고.

아빠는 책 만드는 사람이었다. 그게 뭘 의미하는지, 얼마나 나쁜 일인지도 알고 있었다. 모를 수가 있나? 내 계급과 출신 성분이 다 누구 때문에 망한 건데. 하지만 내가 아빠에 대해 남들이 모르는 것까지 알고 있냐고 묻는다면 그건 아니었다. 뭐, 결과적으로는 남들이 우리 아빠에 대해 알고 있는 것만큼만 알고 있었던 것 같다. 무슨 얘기냐면,

내가 책을 처음 만져 봤다는 얘기다.

* * *

"아빠가 만든 책이야. 마지막으로 남은 한 권."

엄마의 목소리가 또 로맨틱해졌다는 사실이 마음에 걸렸지만 이번에는 시비를 걸지 않기로 했다. 엄마한테 아빠는 애틋한 존재일

테니까.

나는 아빠가 만들었다는 책을 쓰다듬 듯이 만졌다. 기분이 좀 이상했다. 괴물처럼 생겼거나, 만지면 바로 죽는 폭탄 같은 건 줄 알았는데. 그냥 평범했다. 조금 쾨쾨한 냄새가 나고, 페이지를 넘길 때마다 약간 기분 나쁜 촉감이 느껴진다는 것만 빼면.

펼쳐서 읽는다는 느낌은 신기했다. 아, 이런 거구나. 학교에서 역사 시간에 AR 같은 걸로 체험해 본 적은 있지만 그게 얼마나 엉터리인지 알게 됐다. 선생님들이 해 준 얘기도 다 뻥이었다. 그 사람들은 책을 한 번도 진짜로 만져 본 적 없다는 데 내 남은 통조림을 다 걸겠다.

표지에는 《BIBLION》이라는 글씨가 움푹 파여서 적혀 있었다. 비블리온이 뭐지?

대충 다 읽은 내 소감은, 음, 아빠는 말이 많은 사람이라는 것이다. 하고 싶은 말이 뭐 그렇게 많은지 페이지마다 가득가득 뭔가를 써 놨다. 솔직히 뒤로 갈수록 그냥 페이지만 넘기긴 했지만, 대신 맨 마지막 장만큼은 천천히 읽었다. 아빠는 끝에다가 이렇게 썼다.

……하여 이 책을 세상에 내보낸다.

이것이 비블리온39의 첫 책이자, 비블리온 전체의 마지막 책이 아니기를 간절히 빌면서.

모든 것이 그대로지만 단 하나가 달라졌다. 나는 그것이 나이면서 동시에 당신이기를 바란다. 부디 우리가 서로에게 서로의 다음 페이지가 되기를.

늘 뒤를 조심하라.

도대체 무슨 소린지. 앞을 제대로 안 읽었으니 혼자서만 심각한 이 마지막 문장들도 제대로 이해할 수가 없다. 중요한 건 이 책이 여기서 끝이 아니라는 것이고, 뒤에 아무것도 없는 비어 있는 페이지가 붙어 있다는 점이다. 세어 보니 딱 일곱 페이지였다. 그 얘길 엄마한테 했더니 엄마는 말했다.

"거기에다 일기를 써."

DAY 3

앉아서 자는 건 너무 불편한 일이다. 어제는 엄마랑 같은 욕조의 양 끝에 기대 눕기로 했지만 자꾸 미끄러지는 느낌이 싫어서 나는 그냥 의자에 앉아서 잤다. 등받이가 있는 책상 의자에 앉아 스툴 위에 발을 올리고 자니까 욕조에서 자는 것보다 조금 낫긴 했지만 아침이 되니까 몸 여기저기 안 쑤신 곳이 없었다. 엄마는 신기하게도 욕조에서 코까지 골면서 잘 잤다. 내가 없어서인가?

5시 55분.

바늘과 숫자를 표시하는 튜브에 극소량의 삼중수소를 넣어 놓은 시계가 은은하게 빛난다. 시간은 왜 흐르는 걸까? 내가 있기 전의 시간을 나는 알 수 없다. 아빠가 존재하던 세계 그리고 엄마가 말하는

'아빠가 나를 예뻐했던' 세계는 나를 둘러싸고 흐르는 세계와는 다른 세계다. 나는 여전히 의자에 앉아 스툴 위에 발을 올린 채 시계를 뚫어져라 바라본다. 엄마가 잠이 깰 때까지 기다려야지.

그러고 보면 모두가 잠에서 깨기 전에 지속되는 이 고요를 좋아했던 적이 있었다. 외할머니가 살아 있던 때. 아빠는 원래 없었으니 엄마와 엄마의 엄마가 일어나지 않으면 집 안은 온통 적막 그 자체였다. 몰래 일어난 나는 고양이처럼 살금살금 부엌에 나가 엄마가 숨겨 둔 와인을 한두 모금 홀짝이곤 했다. 삼킬 때마다 늦여름의 햇살처럼 목구멍을 따뜻하게 만들어 주던 신기한 액체. 혹시 화장실에도 엄마가 숨겨 둔 와인이 있지 않을까?

그때 욕조에서 잠이 덜 깬 목소리가 들렸다.

"지금 몇 시야?"

여기 갇히기 전부터도 엄마의 하루 첫 대사는 늘 저거였다. 내가 몇 시라고 말해 주든 간에 엄마는 항상 화들짝 놀라면서 일어났다. 쫓기듯이 급하게. 왜 꼭 그렇게 하루를 시작해야만 하는지 나로서는 이해가 가지 않았지만, 암튼 엄마는 그랬다.

엄마는 일어나자마자 벌레 통조림을 하나 뜯어 먹고 물통에서 물을 조금 받아 양치를 하더니, 갑자기 가방에 짐을 챙기기 시작했다.

"뭐 해?"

엄마는 날 한 번 쳐다보기만 할 뿐 대답이 없었다. 그러고는 가방에 벌레 통조림, 방독면, 물 한 통, 유일하게 무기 비슷한 거라고 할 수 있는 망치, 바람막이 점퍼와 손수건을 넣었다. UDC(United

Digital Communicator, 통합정보단말기)는 어차피 작동이 안 되어서 쓸모도 없을 것 같은데 그것도 넣었다.

“나갔다 올게.”

엄마는 나에게 꼼짝 말고 있으라고 덧붙였다. 나갔다 온다고? 전쟁이 일어났다면서 밖에 나갔다가 온다는 말을 무슨 봄날에 소풍 가는 것처럼 말해? 나는 따져 묻고 싶었지만, 엄마는 다정하고 걱정이 많으면서 상처를 잘 받는 타입인 동시에 못 말리는 사람이었다. 말보다 행동이 앞서는 사람. 막을 방도는 없었다. 기껏해야 마음에 걸리는 말 정도를 던질 수 있을 뿐이었다.

“그럼 난 어떡해? 누가 여기 들어오면?”

엄마는 나를 뚫어지게 쳐다보더니 말했다.

“그럴 일 없어. 문 잘 잠가.”

아, 자기 일 아니라고 진짜.

엄마는 이중으로 잠긴 화장실 문을 열고 나갔다. 문은 원망할 틈도 없이 닫혔다.

* * *

혼자 남겨지는 건 익숙했다.

이제까지 살면서 이 사회를 좀먹는 벌레의 딸이라고 욕먹는 게 일이었는데—근데 좀이 뭔지는 모르겠다. 벌레들이 좋아하는 음식인가?—이 정도쯤이야. 나를 따돌리고 괴롭히고 모른 척했던 세상 따위 그냥 망해 버리면 나는 더 좋다. 하지만 밖에서 굉음이 들리고 섬광이 번쩍일 때마다 조금 기분이 이상하기는 했다. 유령처럼 스며드는 매캐한 냄새도 불쾌하기는 마찬가지였다. 정말로 세상이 망하는 걸까? 전쟁이란 거, 넷에서나 배웠지 실제로 겪은 적은 없다. 아마 그건 대부분의 어른들도 마찬가지일 거다. 이 와중에 엄마는 어디로 갔을까? 폭탄이 터지면 이 건물도 위험하지 않나?

* * *

빛이 사라져 어둑어둑해질 때까지 아빠 책을 읽었다. 아빠가 의도한 건지는 잘 모르겠지만 나만 아는 웃음 포인트들이 몇 개 있었는데, 그중 하나가 엄마에 대한 묘사였다. '그녀는 인상을 살짝 찡그린 채 조그마한 UDC 화면 위에 쉼 없이 뭔가를 쓰고 또 썼다.' 엄마는 이때도 못 말리는 사람이었구나. 쥐들이 가득한 지하 세계로 가서 아빠 옷을 타고 올라온 쥐를 총으로 쏘는 장면에 이르러서는 내가 아는 엄마와 너무 똑같은 사람이 그 안에 들어 있어서 소름이 끼칠 정도였다. 하긴, 엄마는 엄마니까 당연한 건가?

책 가운데에는 얇은 직사각형 모양의 물건이 끼워져 있었다. 가로가 좁고 세로가 긴 검은색 물체였는데, 끝에는 실을 꼬아 만든 것 같은 빨간 줄이 달려 있었다. 아빠의 설명에 따르면 그건 '책갈피'라는 거였다.

여기 사용하지 못한 책갈피를 끼워 둔다.

이 책을 손에 넣었다면 언젠가 필요한 순간이 올 것이다.

사용법: 줄을 잡아당기면 작동한다. 폭발까지는 3초.

"별일 없었지?"

옛날 사람들은 왜 책 사이에 폭탄을 끼워 놓았던 걸까? 골똘히 생각하고 있는데 그 순간 철컹하는 소리와 함께 화장실 문이 열렸다. 엄마의 얼굴은 노을이 드리워진 것처럼 발갛게 상기되어 있었는데, 몇 시간 만에 조금 더 늙어 버린 것처럼 보였다.

이제 책을 덮고 도대체 오늘 하루 뭘 했는지 물어봐야겠다.

DAY 4

5시 15분.

자는 시간은 비슷한데 점점 더 일찍 일어나고 있다. 변기에 앉아 있는 나를 보더니, 엄마는 하수도가 아직 작동하는 건 우리 집이라서 가능한 일이라고 말했다.

"이게 다 거지 같은 정부 덕분이야. 잘난 척하던 네 친구네들은 다 난리 났을걸."

엄마는 우리 아파트가 중력을 사용해 오물을 밑으로 떨어뜨리는 원시적인 방식으로 하수를 처리하고 있기 때문에 아직 변기를 쓸 수 있는 거라고 말해 주었다. 전기로 오물을 분해해서 바로 에너지로 전

환하는 최신 하수 처리 시스템을 쓰고 있던 친구들은 아마 지금쯤 마루에다 똥을 싸고 있을 거라고 했다. 그걸 상상하니까 나도 모르게 웃음이 새어 나왔다. "야 민윤채, 넌 똥이 아래로 떨어지는 집에 산다며? 똥떨집이네, 똥떨집." 하면서 나를 놀리던 김상우와 박미르, 하채은 같은 애들 얼굴이 떠올랐다. 다시 만나면 놀려 줘야지. 너희, 마루에 싼 똥은 다 치웠니?

"어젠 어디 나갔다 온 거야?"

엄마는 또 벌레 통조림을 뜯어서 먹고 있었다. 엄마 입에 반쯤 들어간 벌레가 축 늘어져 있는 게 눈에 들어왔다. 나는 눈썹을 찡그렸다.

"몰라도 돼."

"어떻게 몰라도 될 수가 있어? 여기에 몇 시간 동안 나 혼자 있었잖아. 얼마나 무서웠다고."

하나도 무섭지 않았지만 일단 그렇게 말했다. 그래야 무슨 말이라도 듣지.

"무서웠다는 애가 멀쩡하게 책에 일기를 쓰고 있어? 먹힐 거짓말을 해야지."

엄마도 만만치 않다. 하지만 여전히 궁금했다.

"밖엔 어때? 난리 났어?"

"당연하지. 전쟁 중인데."

"누가 누구랑 싸우는 거야? 누가 이겨? 누가 이기는 게 우리한테 좋아?"

"넌 몰라도 돼."

"또?"

엄마는 무슨 뜻인지 알 수 없는 표정을 지으며 화제를 돌렸다.

"너 통조림 먹었어?"

"배 안 고파."

나는 기분이 나빠져서 엄마한테서 돌아앉았다. 그래 봐야 겨우 몇 십 센티미터 멀어진 거지만. 왜 나한테 자세하게 말해 주지 않는지 이해할 수가 없었다. 이제 나도 다 컸는데. 나도 엄마 아빠 때문에 일생을 고통받으며 살아온 피해잔데. 눈을 감고 태어나서부터 지금까지, 내가 이 집에 태어나서 당해야만 했던 고난들을 하나하나 떠올렸다. 이것만으로도 하루가 다 갈 것 같았다. 일단 초등학교 일 학년 입학식 때부터 시작해 보면…….

"나갔다 올게. 문 잘 잠그고 있어."

엄마가 어깨를 치는 바람에 깼다. 그새 깜빡 잠이 들었던 모양이었다. 얼마나 시간이 지난 걸까. 엄마는 어제처럼 가방을 메고 이중문을 열고 나갔다. 나는 창문을 바라보았다. 아직 희미하게 남아 있는 빛이 엄마가 늘어트리고 간 가방끈처럼 화장실에 길게 드리워져 있었다.

* * *

어릴 때 외할머니는 나한테 책 읽는 법을 가르쳐 줬다.

정확히 말하면 진짜 종이 책은 아니었다. 플라스틱으로 만든 조잡한 모형 같은 거였는데, 할머니 말로는 어느 미술관에 전시되어 있었던 거라고 했다. 플라스틱 책 안에는 동화도 있었다. 어떤 여자아이가 회중시계를 들고 있는 토끼를 따라 굴속에 들어갔다가 이상한 세상으로 가게 되는 내용이었다. 제목이 뭐였더라?

지금 생각해 보면—종이책이 아니라서 잡혀가진 않았겠지만—그건 가정집에 가져다 놓기에는 꽤 위험한 물건이었다. 게다가 아빠는 종이 책을 만들고 소유한 혐의로 구속된 전력이 있는 사람이니까! 그런 집이라면 책 비슷한 물건은 갖다 버리는 게 일반적이어야 하지 않을까? 그런데 우리 집은 그렇지가 않았다. 아빠만 그런 게 아니라 엄마며 외할머니며 다 똑같은 사람들이라 그랬던 것 같다.

어린 나는 책이 재미있었다—이런 것도 유전일까?—. 구체적으로 생각해 보면 화면을 터치하거나 버튼을 누르는 게 아니라 '페이지'를 '오른쪽에서 집어 왼쪽으로 넘긴다'는 방법이 신기했던 것 같다. 책의 내용이야 당연히 기억나지 않지만 그래도 동화 속 '토끼 굴'이라는 개념은 당시의 나에게도 흥미진진했다. 굴속에 들어가면 전혀 다른 세상이 펼쳐진다니!

어쩌면 그때 나에겐 토끼 굴이 필요했었던 건지도 모른다.

* * *

여기까지 썼는데 엄마가 왔다. 오늘은 그만.

DAY 5

9시 20분.

일어나는 시간이 다시 늦어진 건 엄마 때문이다. 엄마는 밤새 제대로 잠이 들지 못했는지 계속 뒤척였다. 게다가 끙끙거리는 신음 소리 비슷한 걸 내는 바람에 나는 중간에 일어날 수밖에 없었다. UDC를 켜서 불빛을 비춰 봤더니 엄마는 온몸에 땀을 흘리고 있었다.

"왜 그래?"

엄마는 말없이 바지를 걷어 올렸다. 종아리에 피부가 뜯긴 것 같은 상처가 크게 나 있었다. 바지에는 이미 검붉어진 피도 묻어 있었다.

"미쳤어?"

나는 벌떡 일어나서 통조림이 쌓여 있는 세면대 아래 수납장을 뒤져 비상약이 들어 있는 상자를 찾아냈다. 소독약을 뿌리고 피부 재생 연고를 듬뿍 발랐다. 상처는 꽤 깊어 보였다.

"아깐 이렇게 심하지 않았는데……."

중얼거리는 엄마를 쏘아보며 나는 비상약 상자를 소리나게 닫았다. 자기 몸을 자기가 아껴야지, 자식도 있는데. 잔소리가 쏟아져 나왔지만 속으로 삼켰다. 우리 집은 왜 엄마가 더 철이 없을까. 사춘기는 난데.

"대체 어딜 갔다 온 거야. 어?"

엄마는 고개를 끄덕이며 내일 말해 주겠다는 말만 반복했다.

다시 잠을 청하려니 잠이 잘 오지 않았다. 엄마의 숨소리가 조금

편안해진 것 같아 안심이 됐다가, 너무 조용하면 갑자기 걱정이 되기도 했다. 엄마는 괜찮은 걸까? 밖에서 어떤 일을 당했길래? 도대체 무슨 일이 벌어지고 있는 걸까? 궁금하기도 하고 한편으로 걱정되기도 했다. 나쁜 생각이 꼬리에 꼬리를 물고 이어졌다. 엄마가 죽는 상상을 하니 견딜 수가 없었다. 난 이제 겨우 열다섯 살인데. 내 인생은 아빠가 없는 것만으로도 충분하다. 엄마까지 없어지면 안 된다.

* * *

오늘은 어두컴컴하고 흐렸다. 창문 밖에서 비가 올 것 같은 바람이 불어왔다. 엄마는 아침부터 또 벌레 통조림을 먹고 있었다. 짜증이 확 올라왔다.

"그것 좀 그만 먹어."

엄마는 눈을 동그랗게 떴다.

"벌레가 그렇게 좋아?"

엄마는 통조림을 다시 닫아 내려놓으며 말했다.

"나 이거 안 좋아해."

"근데 왜 먹어?"

"네가 안 먹으니까."

뭐라고 대답해야 할지가 떠오르지 않았다.

"이제 복숭아 세 개, 참치 다섯 개 남았어. 아껴 먹어."

엄마는 남은 벌레들을 한입에 털어 넣었다. 분명히 방금 전까지 배가 고팠는데, 더 이상 뭔가를 먹고 싶지가 않아졌다.

* * *

“오늘은 진짜 안 돼. 나가지 마.”

또다시 주섬주섬 짐을 챙기고 있는 엄마에게 내가 말했다. 밤보다 상태가 안 좋아졌는지 다리를 움직일 때마다 절뚝거리는 게 눈에 띄었다.

“제발 좀!”

결국 소리를 빽 질렀다. 나도 모르게 눈물이 고였다. 왜 내 말을 무시하는 거지? 왜 대답해 주지 않는 거지? 뭐가 어떻게 되고 있는 건지 나도 알고 싶어. 알고 싶다고!

“윤채야.”

엄마가 낮은 목소리로 말했다. 솔직히 난 저 목소리가 싫다. 싫다기보다는 두렵다는 게 맞는 말일 거다. 엄마가 저렇게 목소리를 낮추면 보통 좋지 않은 얘기가 뒤따르기 마련이니까.

“너가 여기서 얼마나 답답한지 잘 알아. 쉽지 않겠지. 하지만 있잖아, 지금 밖은 지옥이야. 지옥이 뭔지 알아? 사람들이 서로 미워하고 싸우고 죽이고. 엄마 상처 같은 건 아무것도 아냐. 밖에 나가면 길에 막 사람들이 죽어 있어. 어린이나 노인이라고 봐주지 않아. 폭탄과 독가스에는 얼굴이 없어. 마음도 없지. 그냥 그 옆에 있으면 같이 죽는 거야.”

"그러니까 엄마도 나가지 마."

내가 생각해도 논리적인 말이었다. 위험한데 왜 나가?

"엄마는 아빠랑 한 약속이 있어."

"아빤 죽었잖아."

"이 전쟁은 정말 정말 중요한 전쟁이야. 만약 여기서 우리가 이기면 진짜 새로운 세상이 올 거야. 아빠가 꿈꿔 왔던 세상 말이야. 엄마는 아빠랑 약속했어. 그런 세상이 올 때까지 살아남기로. 때론 죽는 것보다 더 오래가는 약속도 있는 거야."

"그게 무슨 세상인데?"

엄마는 내가 쓰고 있던 아빠의 책을 가리켰다.

"네가 자유롭게 읽고 쓸 수 있는 세상."

왠지 울고 싶은 기분이 들었다. 겨우 그런 세상을 위해서?

"윤채야, 이제 조금만 버티면 돼. 엄마가 찾고 있는 아빠 친구들이 있어. 그 사람들만 찾으면 돼. 그럼 엄마가 널 데리러 올게. 알겠지?"

나는 더 이상 말해 봐야 소용없다는 걸 깨달았다. 그리고 일단 져 주기로 했다.

DAY 6

6시 15분.

엄마가 돌아오지 않았다.

나는 거의 밤을 샜다.

* * *

8시 37분.

나에게 다른 선택지가 있었을까?

학교 가방에 남은 통조림을 모두 담았다. 방독면도 넣었다. UDC와 두꺼운 옷을 넣고, 시계도 챙겼다. 마지막으로 이 책도 담았다. 끝까지 고민하던 아빠의 책갈피는 따로 빼서 주머니에 넣었다.

화장실 이중문을 열 때는 심장이 쿵쿵거렸다. 누가 기다리고 있다가 밖에서 나를 덮칠 것만 같아서 몇 번이나 머뭇거리다가 나중에는 발로 문을 차고 나왔다. 민망하게도 밖에는 아무도 없었다. 그냥 내가 살던 집이었다.

집을 한번 돌아보니 기분이 이상했다. 아무도 없는데 마치 누군가가 지켜보는 느낌이었다. 엄마 방이랑 내 방을 한 번씩 둘러보다가 오싹해지는 기분 때문에 서둘러 빠져나왔다. 멈춰 있는 엘리베이터 대신 계단으로 내려갔다. 걸어 내려오는 19층은 꽤 길게 느껴졌다.

입구로 나가려는데 밖에서 웅성거리는 소리가 들렸다. 학교 아이들이었다.

"웬일이야 너네?"

김상우, 박미르, 하채은. 어쩜 내가 싫어하는 애들만 왔을까.

"선생님이 너 데리고 오래. 학교 안 온다고."

김상우는 평소의 그 재수 없는 말투로 말했다.

"뭔 소리야, 전쟁 중이잖아."

"전쟁?"

하채은이 어이없다는 표정을 지었다.

"전쟁 중이라고?"

김상우는 혀까지 내밀었다.

"그렇게까진 안 봤는데 너 정말 심각하구나."

박미르가 고개를 좌우로 흔들며 자기 UDC를 보여 줬다. 담임 선생님이 아이들에게 보낸 메시지였다.

'민윤채 집 근처 사는 너희들이 한번 들러 봐 주렴. 윤채가 너무 걱정된다.'

머리가 갑자기 혼란스러워졌다. 이 아이들은 뭘까? 나는 주위를 둘러보았다. 건물, 도로, 풍경, 날씨…… 모든 게 다 그대로인 것만 같았다. 엄마는 날 속인 걸까? 학교에서 선생님이 했던 말이 떠올랐다.

"윤채야, 내가 정말로 널 위해 솔직하게 얘기해 주는 건데, 너희 엄마 말을 다 믿어선 안 돼. 그게 네가 살 길이다."

그땐 그런 말을 하는 선생님이 정말 나쁜 사람이라고 생각했다. 하지만 그 말이 맞다면? 엄마 말이 다 거짓말이라면? 통합 정부의 계급은 괜히 정해지는 게 아니다. 나쁜 일을 한 사람은 나쁜 계급을 받는다. 내가 나쁜 계급인 데는 다 이유가 있는 것이다. 결론이 어렴풋이 보이는 것 같았다. 엄마는 날 가두고 싶어 했던 거다. 자기처럼 나쁜 계급에 머물지 않고, 내가 아이들과 어울리고 이 사회에 잘 적응하는 게 못마땅했던 거다. 통조림이 다 떨어지면 엄마는 뭐라고 말할 생각이었을까? 내가 굶어 죽기라도 하길 바랐던 걸까? 나는 어쩌면 이 아이들을 만난 게 행운일지도 모른다는 생각이 들었다. 그래도 날 생각해 주는 사람들이 있었다고 생각하니 조금 뭉클해지기도 했다. 오랜만에 아이들과 대화를 나누고 있다는 사실이 기쁘면서도 슬펐다. 아니, 정확하게는 그걸 기뻐하는 내가 슬펐다.

"날 걱정했다고? 너희가?"

나는 박미르의 UDC를 돌려주며 말했다. 말은 그렇게 했지만, 발걸음은 벌써 학교 쪽을 향하기 시작했다. 그래, 화장실에 갇혀 있는 것보단 수업이 낫지.

"빨리 가야 돼. 지각 안 하려면."

하채은이 앞장섰다. 김상우가 뒤를 따르고, 박미르는 내 뒤로 걸었다. 한 줄로 걸어서 학교에 가는 길이라니. 이 장면을 위에서 보고 있다고 생각하니까 우스워서 저절로 미소가 지어졌다.

김상우의 흰 운동화 아래 묻은 갈색 반점들이 눈에 들어온 건 그때였다. '저게 뭘까?' 생각하다가 그게 뭔지 깨닫는 순간 온몸에 소름이 돋았다. 똥이었다.

"잠깐만."

내가 말하자 아이들이 모두 멈춰 섰다.

"나 갑자기 배가 아파서 그런데, 화장실 좀 갔다 올게."

"학교 가서 가면 되지."

박미르가 퉁명스럽게 말했다.

"아냐, 우리 집에 가서 해야 돼."

"뭔 소리야, 지금……"

김상우가 뭐라고 말을 하려고 할 때 하채은이 눈짓을 하면서 말을 막았다. 나는 더 확신했다.

"금방 다녀올게. 십 분이면 돼."

아이들이 반원 형태로 나를 둘러쌌다. 나는 곁눈질로 뒤쪽을 바라봤다.

"안 돼. 선생님이 바로 데려오라고 했단 말이야."

김상우가 하채은 눈치를 보면서 말했다.

"그래?"

나는 쭈그려 앉아서 손가락으로 상우의 신발을 가리켰다.

"근데 너 운동화에 묻은 거 뭐야?"

"뭐가?"

"그거 똥이지?"

아이들 표정이 변했다. 하채은이 잽싸게 UDC를 꺼내 어디론가 전화를 걸기 시작했고, 김상우와 박미르는 얼굴이 붉어진 채 나에게 다가왔다. 나는 몸을 일으키는 척하다가 뒤돌아 뛰기 시작했다. 전속력으로.

* * *

심장이 터질 것 같다는 표현을 여기저기서 많이 보고 듣긴 했지만 몸으로 느껴 보기는 처음이었다. 달리기 시작하자 이곳저곳에서 기다렸다는 듯 폭탄이 터지기 시작했다. 조용하게 있기로 약속이라도 한 것처럼 평온하던 거리가 순식간에 난데없는 굉음과 매캐한 냄새로 뒤덮였다.

쫓아오던 아이들을 겨우 따돌렸다고 생각한 순간, 머리 위쪽에서 검은 비히클 무리가 나타났다. 하채은이 신고한 건가. 속도를 더 내보려고 했지만 더 이상은 숨이 차서 뛸 수가 없었다. 허리를 숙여 무릎을 잡고 숨을 헐떡거리고 있는 사이 비히클 네 대가 내 앞뒤로 두 대씩 내려앉았다. 웅웅거리는 엔진 소리가 바람 소리처럼 귀를 파고들었다.

"신고가 들어왔는데."

나와 가장 가까운 비히클에서 내린 검은 제복의 아저씨가 말했다. 상의에 커다란 주머니가 양쪽으로 달린 근사한 옷이었다. 나머지 비히클에서는 아무도 밖으로 나오지 않았다.

"가방 좀 볼까?"

나는 순순히 가방을 내밀었다. 참치 통조림과 복숭아 통조림, 바람막이 옷, 시계, 방독면이 차례로 나왔다. 그리고 마침내 책이 등장한 순간, 아저씨 얼굴이 굳어졌다.

"같이 좀 가야겠다."

아저씨는 책을 다시 가방에 넣고 내 팔을 붙잡았다. 비히클 문이 열리자 그 안에 또 다른 제복을 입은 사람이 보였다. 검은 입구는 마치 토끼 굴처럼 보였다. 여기로 들어가면 나는 어떤 세계로 나가게 될까? 이대로 끌려가면 안 된다는 생각이 강하게 들었다. 엄마를 만나기는커녕 아까 아이들을 따라 학교에 간 것만도 못할 것이다. 아저씨가 나직하게 뭐라고 말을 하자 나머지 비히클 세 대가 거센 바람 소리를 내면서 먼저 하늘로 떠오르기 시작했다.

"잠깐만요."

아빠 말을 믿을 수 있을까? 다른 방법은 없었다.

나는 주머니에서 책갈피를 꺼내 줄을 잡아당긴 다음, 아저씨 윗옷 주머니에 꽂았다.

하나,

둘,

그리고 가방을 빼어 들고 다시 달리기 시작했다.

DAY 7

엄마는 전쟁 통에 일기를 쓰면 유명해지는 거라고 말해 줬다. 하지만 난 유명해지는 것엔 별로 관심이 없다. 그냥 궁금할 뿐이다. 쓴다는 건 뭘까? 책으로 남는다는 건 어떤 기분일까?

하마터면 어제 나는 영원히 일기를 쓰지 못할 뻔했다. 아빠 말은 거짓말이었다. 폭발까지는 3초면 된다더니. 셋을 셌지만 책갈피는 터지지 않았다. 제복 입은 아저씨는 나를 거의 붙잡을 뻔했다. 다섯에라도 터지지 않았더라면 정말 큰일 났을 거다. 아저씨는 쓰러졌고, 이미 하늘로 날아가 버린 비히클들은 돌아오지 않았고, 비히클 안에 있던 제복 입은 사람은 나를 잡기보다는 자기 동료를 먼저 챙겼다.

"그 사람들의 작은 무관심과 동료애가 널 살린 거구나."

엄마는 논평하듯이 말해서 또 내 기분을 상하게 했다. 그게 아니라고. 내가 얼마나 죽어라 뛰었는데. 하여간 엄마들 눈에는 자식이 노력한 부분을 잘 알아보지 못하게 하는 특수 렌즈가 씌워져 있는 게 분명하다. 아무튼 나는 거기서 다시 도망치다가 이번엔 낯선 두 어른을 마주쳤다. 제복은 아니었지만 어둡고 칙칙해 보이는 옷들을 입고 있는 데다가 고글에 간이 방독면까지 쓰고 있어서 썩 좋아 보이는 인상들은 아니었다. 등 뒤에는 총인지 미사일인지 모를 무겁고 무서워 보이는 무기들을 주렁주렁 매달고 있기까지 했다. 이번에는 정말 죽었다고 생각했다. 아니, 더 이상은 도망갈 힘도 의지도 없었다. 그저 날 두고 혼자 나가 버린 엄마가 원망스러웠을 뿐.

아니나 다를까 그 사람들도 나를 붙잡았다. 한 명이 뒤에서 내 몸을 고정하고 다른 한 사람이 내 가방을 뺏어 들었다. 통조림, 바람막이 옷, 시계, 방독면 그리고 책. 방금 전 장면이 리플레이 영상처럼 반복됐다.

"이거 어디서 났어?"

책을 발견한 사람이 물었다. 표정은 보이지 않았지만 목소리를 들어 보니 여자 같았다. 죽는 마당에 뭐 나야 거리낄 게 없었다.

"아빠가 줬어요. 참고로 우리 아빤 죽었고요."

여자는 고갯짓을 하더니 나를 붙잡고 있던 사람에게 책을 건넸다. 나는 자연스럽게 두 사람 사이에 풀려났다. 도망치고 싶었지만 다리가 콘크리트처럼 무거웠다. 책을 확인한 사람은 뭐가 놀라웠는지 책을 다시 돌려주고 아까보다 더 세게 나를 붙들었다. 그렇게 잡으면 아프다고 말하고 싶었지만 꾹 참았다. 두 사람은 나를 양쪽에서 붙잡고 건물 뒤로 데려갔다. 그리고 나를 커다란 고슴도치처럼 생긴 차에 태워 여기까지 데리고 왔다.

"엄마 보고 기분이 어땠어? 반가웠지?"

엄마는 뭐가 즐거운지 웃고 있었다. 어제 나를 만났을 때도, 지금도.

"딸이 죽을 뻔했는데 웃음이 나와?"

"그러게 누가 밖으로 나오랬니? 가만히 있으라고 했지."

"가만히 있으면 뭐, 죽기밖에 더 해?"

낯선 복장의 사람들이 나를 데려온 곳은 '비블리온39'였다. 아빠 책의 마지막에 적혀 있던 이해할 수 없었던 단어. 비블리온39는 종이 책을 만들고 보관하는 반정부 조직 비블리온의 39번째 지부를 뜻하는 말이었다.

다 쓰러져 가는 건물 뒤로 돌아가자 차 한 대가 지하로 내려갈 수 있는 통로가 있었고, 주차장처럼 원형의 통로를 돌아 돌아 내려가니 비밀스러운 공간이 나왔다. 사람들이 생활하는 곳은 지하 7층부터였는데, 엄마는 여기 있는 동료들과 함께 통합 정부에 대항해 싸우고 있다고 했다. 이 전쟁은 금방 끝나지 않을 거라고, 하지만 꼭 이길 거라는 말도 했다. 아빠와 알고 지냈다는, 그렇지만 나는 전혀 모르는 사람들이 계속 와서 인사하고 악수를 청했다. "네가 윤채구나. 벌써 이렇게 컸어? 아빠 얼굴이 있네." 엄마 아는 사람들을 만나면 항상 듣는 3종 세트 이야기를, 나는 저녁 내내 지겹도록 들어야 했다.

저녁 식사 자리에서 사람들은 샐러드와 살아 있는 벌레를 먹었다. 나는 꿈틀거리는 벌레를 보는 것만으로도 충분히 끔찍해서 샐러드와 가지고 온 참치 통조림을 땄다. 어른들은 붉은 와인을 마셨는데, 엄마가 먹기 전에 "산 자에게는 용기를, 죽은 자에게는 평화를." 이라고 외치자 모두 잔을 들고 그 말을 따라 했다. 엄마는 나도 어른이 되면 와인을 마실 수 있다고 했다. 나는 내가 오래전부터 어른이었다고 말하지 않았다.

* * *

식사가 끝나고 엄마와 둘만 남게 됐을 때 나는 물었다.

"왜 일주일만 버티면 된다고 했어?"

엄마는 조금 멋쩍어하면서 답했다.

"원래 계획은 일주일 만에 이기는 거였거든."

그런 다음 조그맣게 덧붙였다.

"근데 계획대로 안 되네."

세상 모든 일이, 하다못해 학교 숙제도 계획대로 되지 않는다는 건 나도 안다. 그러고 보면 어른들이란 참 이상하다. 자기들이 평소에 버릇처럼 하던 말도 자기 자신에게는 적용하지 못한다. 나도 나중에는 그렇게 될까?

주위를 둘러보니 다양한 사람들이 각자의 일을 하고 있다. 누구는 설거지를 하고, 누구는 식탁을 정리하고, 누구는 상처를 치료하고, 누구는 무기를 정비한다. 이 모든 일이 통합 정부와 벌이는 전쟁을 위해서라는 사실이 새삼스러우면서도 놀랍다. 서늘하고 고요한 공기가 사람들 사이를 떠다닌다.

"여기가 진짜 토끼 굴이네."

나도 모르게 중얼거렸다.

"뭔 굴?"

외할머니가 읽어 준 책의 제목이 드디어 생각났다. 《이상한 나라의 앨리스》. 엄마는 그 책을 읽지 않은 게 틀림없다.

* * *

빈칸이 줄어든다.

앞쪽에서부터 아빠의 책을 다시 읽는다. 아빠가 겪었던 일들이 자세하게 적힌 그 글에 아빠가 들어 있는 것 같은 기분이 든다. 적어도 읽는 동안 나는 아빠가 된 것만 같다. 사람들은 그래서 책을 읽으려고 하는 건지도 모르겠다. 겪지 않은 일을 경험할 수 있으니까. 읽는 동안만큼은 다른 사람이 될 수 있으니까.

마지막에 적힌 아빠의 글에서 전에는 무심코 지나쳤던 인상적인 구절을 발견한다.

'부디 우리가 서로에게 서로의 다음 페이지가 되기를.'

아빠는 언젠가 내가 이 책을 읽게 될 거라는 걸 알았을까? 저 '우리'가 만약 아빠와 나라면, 내가 아빠의 다음 페이지라면, 그렇다면 우리는 한 권의 책이 될 수 있을까?

* * *

11시 58분.

이제 잘 시간이다. 시계를 가져다 놓은 비블리온39 지하 7층의 화장실 욕조에서, 나는 마지막 하나 남은 복숭아 통조림을 딴다. 달큼하고 향긋한 냄새가 코끝을 간지럽힌다. 앨리스의 이야기는 꿈으로 끝났지만, 내 이야기는 아직 어떻게 끝날지 모르겠다. 우리는 이길 수 있을까? 전쟁은 어떻게 끝날까? 엄마와 나는 살아남을 수 있을까? 나를 괴롭혔던 아이들은? 아빠는 이 모든 걸 알고 있었을까?

하지만 내가 지금 정말로 궁금한 건 딱 한 가지뿐이다.

내일 나는 어떤 일기를 쓰게 될까?

모험의 책

정명섭

"아랑! 오랜만이야."

솔라 시티의 정문 타워에 있던 수문장이 아는 척을 하자 아랑은 햇빛을 피하려고 푹 눌러썼던 야구 모자를 가볍게 들췄다. 수문장이 문을 열라는 손짓을 하면서 물었다.

"선글라스는?"

"곰의 배 속에 있어요."

가볍게 웃으며 하는 아랑의 대답에 수문장이 얼른 들어오라는 손짓을 했다. 정문을 지키던 경비병이 바이크를 몰고 들어오는 아랑의 앞을 막으려다가 수문장의 제지를 받았다. 아랑이 바퀴로 깊게 파인 정문을 지나 안으로 들어가자 수문장이 경비병에게 잔소리를 늘어놨다.

"뭐 하는 짓이야?"

"원칙적으로 외부인은 다 검사해야 하잖아요."

이전 시대 군인들이 썼던 헬멧을 푹 눌러쓰고 쇠 파이프로 만든 창을 든 경비병의 반박에 수문장이 한숨을 쉬었다.

"아무리 신참이라고 해도 아랑을 몰라보면 어떡해?"

"방금 그 바이커가 아랑이었습니까? 어린 여자애잖아요."

"걸음마를 떼기 전부터 바이크 시동을 걸었다잖아. 성질은 또 얼마나 무지막지한지 알아? 오래 살고 싶으면 제발 눈치 좀 챙겨!"

수문장의 잔소리와 꾸중에 경비병은 애꿎은 발밑의 돌멩이를 걷어찼다.

아랑은 바이크를 몰고 솔라 시티의 센터에 도착했다. 붉은 벽돌로 지어진 센터의 한쪽 벽면에는 '남북한 공동 행정 센터'라는 글씨가 페인트로 적혀 있었는데 세월에 못 이겨서 그런지 군데군데가 벗겨지거나 희미해져서 '센터'라는 글자만 겨우 알아볼 수 있었다. 계단 위에는 소총을 든 경비병이 근엄한 표정으로 서 있었다. 바이크를 세운 아랑은 천천히 계단을 올라갔다. 소총을 목에 건 채 서 있던 경비대장이 아랑을 알아보고는 따라오라는 손짓을 했다. 데스크를 지나 엘리베이터로 향한 경비대장을 따라 올라탄 아랑은 옆쪽을 바라봤다. 옹기종기 앉아 있던 사람들이 일어나서 밧줄을 당기는 게 보였다. 그러자 두 사람이 탄 엘리베이터가 위로 올라갔다. 한숨을 쉬며 아랑이 투덜거렸다.

"이게 무슨 낭비인가요?"

한쪽 뺨에 길게 베인 상처가 있는 경비대장이 딱 잘라 말했다.

"권력을 증명하는 데 낭비 같은 건 없어."

그렇게 사람들이 손으로 끌어 올린 엘리베이터가 5층에 머물자 경비대장이 앞장서서 내렸다. 좌우에 문이 있는 긴 복도의 끝에는 정교하게 조각된 커다란 나무 문이 보였다. 겉은 매끈하고 먼지 하나 보이지 않았다. 아랑이 신기하다는 듯 쳐다보자 경비대장은 어깨를 으쓱거렸다.

"그분의 취향 잘 알잖아."

단번에 납득한 아랑은 복도를 걸어서 문 앞에 도착했다. 문 앞 역시 소총으로 무장한 경비대원들이 서 있었다. 경비대장이 다가오자 부동자세를 취한 경비대원 중 한 명이 손을 들어서 문을 살짝 열어 줬다. 문 앞에 선 경비대장이 아랑에게 손을 내밀었다. 아랑은 총열을 짧게 자른 K-2 소총과 K-5 권총을 건넸다. 그리고 안으로 들어가려고 했지만 경비대장은 여전히 요지부동이었다. 아랑이 피식 웃으며 허리 뒤에 숨겨 둔 또 다른 K-5 권총을 건넸다. 옆에 있던 경비대원에게 무기를 건넨 경비대장이 다시 아래쪽을 내려다봤다. 아랑은 고개를 절레절레 저으며 부츠에 꽂아 둔 대검을 꺼내서 건넸다. 대검까지 챙긴 경비대장은 그제야 씩 웃으면서 문을 활짝 열어 주었다. 정면의 창가 쪽에는 커다란 책상이 있었고, 그 뒤에 깃을 빳빳하게 세운 제복 차림의 시장이 창밖을 내려다보는 중이었다. 목의 주름과 뺨의 검버섯이 시장의 나이가 60대를 훌쩍 넘겼다는 것을 보여 주는 듯했다. 그것은 시장이 이전 시대를 살았던 사람이라는 증거이기도 했다. 인기척을 느낀 시장이 돌아서자 경비대장이 부동자세로 말했다.

"바이커 아랑입니다."

가볍게 고개를 끄덕이며 시장이 옆으로 오라는 손짓을 했다. 어서 가라는 경비대장의 눈짓에 아랑은 그 옆으로 뚜벅뚜벅 걸어갔다. 뒷짐을 진 시장이 여전히 창밖을 바라보면서 아랑에게 물었다.

"올해 몇 살이지?"

아랑이 가볍게 한숨을 쉬고는 대답했다.

"열여섯 아니면 열일곱일 겁니다."

"예전에는 주민등록증이 있어서 자기가 몇 살인지는 금방 알았는데 말이야."

또 시작이라는 생각에 얼굴이 살짝 찡그려졌지만 중요한 고객 중 한 명이라서 꾹 참기로 하고 아랑이 대답했다.

"그게 뭔 상관인가요? 어차피 서른 살 넘어서까지 사는 사람이 손에 꼽히는데요. 저 같은 바이커들의 수명은 더 짧고요."

"빌어먹을 핵전쟁으로 사라진 이전 시대에는 팔십 살까지는 거뜬히 살 수 있었지. 먹을 게 풍족했고, 병원이랑 약도 충분했거든."

"지금은 없는 것들이네요?"

약은 둘째 치고 이제는 먹을 것도 구하기 힘든 세상이었다. 그래서 들판에는 식인도 불사하는 야만인들이 넘쳐 나고 있었고, 정착지에서도 먹을 것으로 인해서 살인을 비롯한 각종 사건들이 하루가 멀다 하고 일어나는 중이었다. 창밖으로 내려다보이는 솔라 시티의 광장 한쪽에도 범죄를 저지른 시민들의 목을 매다는 공개 처형대가 있었다.

"자네 나이대 여자아이라면 한창 꽃처럼 피어날 시기인데 말이다."

아랑은 가끔 이전 시대 여자들이 살아갔던 방식을 들으면 숨이 막히곤 했다. 지금과는 전혀 다른 세상 이야기에 심기가 불편해진 아랑이 아무 말 없이 창밖을 바라보자 시장이 가볍게 웃으며 자리로 돌아갔다. 몇 걸음 뒤에 서 있던 경비대장이 맞은편 의자에 앉으라고 눈짓을 했다. 시키는 대로 자리에 앉자 시장이 서랍에서 두툼한 시가를 꺼냈다. 경비대장이 재빨리 책상 모서리에 있던 화로에서 숯불 하나를 꺼내서 불을 붙여 줬다. 연기를 내뿜은 시장이 입을 열었다.

"이곳이 살아남은 건 굉장한 역설이었어. 핵전쟁이 발발하던 때 우리는 남북한으로 나눠져 있었고, 그걸 타개하기 위해서 휴전선에 가까운 이곳에 남북한 주민들이 같이 사는 자립형 도시를 만든 거고 말이야. 서로 같이 살아 봐야 차이를 줄일 수 있다고 믿었거든."

"어리석었네요. 상대방을 굴복시키는 게 훨씬 더 편했을 텐데 말이죠."

아랑의 얘기에 시장이 말없이 웃었다.

"이전 시대에는 힘이 전부가 아니었으니까. 어쨌든 그렇게 만든 도시라서 장벽을 세워야 했고, 가급적 자급자족을 할 수 있도록 만들었지. 이곳이 솔라 시티가 된 것도 그것 때문이지. 사실 도시 안에 태양광 발전 시설을 설치하자고 주장한 게 바로 나였네."

아랑은 흐뭇하게 웃는 시장의 모습을 보면서 그의 또 다른 별명인 '학살자'를 떠올렸다. 무자비하고 잔혹한 그는 핵전쟁이 발발하고 이 도시를 차지하기 위해 벌어진 도시 전쟁에서 하루에만 삼백 명이 넘는 반대파의 목을 매달아 버렸다. 그 후로도 반란이 일어날 때마다 무자비한 처벌과 추방으로 자신의 지위를 굳혔다. 그런 피도 눈물도 없는 모습으로, 자신에게 복종해야만 안전과 생계를 보장해 준다고 하니 시민들은 그를 지지하지 않을 수 없었다. 시장은 그렇게 권력을 확보했다. 게다가 태양광과 풍력 발전으로 자체 전력을 생산할 수 있는 솔라 시티는 정착지 중에서도 손에 꼽힐 정도로 안전한 곳이었다. 그래서 주도권을 잡기 위한 다툼과 반란은 항상 존재했다. 하지만 십 년 전에 학살자가 시장이 된 이후로는 모든 다툼이 사라졌고, 반란도 일어나지 않았다. 걸리면 모두 목을 매달았기 때문이다.

이런저런 생각에 잠긴 채 앉아 있던 아랑에게 시장이 다가왔다. 그리고 손짓을 하자 뒤에 서 있던 경비대장이 나무 상자를 건넸다. 파란색과 붉은색이 소용돌이처럼 그려진 모양이 위에 새겨져 있었다. 어머니에게 그게 무슨 상징인지 얼핏 들었던 아랑이 중얼거렸다.

"대한민국 정부 마크군요."

"맞네. 이제는 핵전쟁으로 사라진 지구상의 정부들 중 하나가 되었지. 내가 그 정부의 공무원이었네. 열어 보게."

아랑은 상자를 열었다. 상자 안쪽은 붉은색 천으로 감싸여 있었고, 상자 안에는 아주 세밀하게 그려진 초상화와 손바닥 크기의 금속 원반이 달린 목걸이가 들어 있었다.

"며칠 전에 태양광 수석 수리 기사가 종적을 감췄네."

의아한 표정으로 아랑이 물었다.

"솔라 시티에서 도망쳤다고요?"

땅굴을 파서 몰래 들어오려고 할 정도인 솔라 시티에서 추방형을 당하지 않고 제 발로 도망쳤다는 것이 잘 이해가 가지 않았다. 거기다 태양광 관련 기술을 가지고 있다면 평생 이곳에서 지낼 수 있는 특권을 보장받은 것이나 마찬가지였다. 아랑이 이해가 가지 않는다는 듯 바라보자 한 손에 시가를 든 시장이 어깨를 으쓱거렸다.

"우리도 긴가민가했지. 아무래도 남산 쪽 세력의 유혹에 넘어간 것 같더군."

"거기가 왜요?"

한때 대한민국의 수도였던 서울은 핵전쟁으로 쑥대밭이 되었다. 하지만 생존자들 중 일부가 남산 꼭대기에 정착지를 만들었고, 규모가 제법 큰 편이었다. 솔라 시티와는 정기적인 교류를 하고 있어서 아랑도 가끔 문서나 물품을 전달해 달라는 의뢰를 받은 적이 있었다. 시가를 쥔 손으로 관자놀이를 긁적거리던 시장이 대답했다.

"최근 교역 물품의 가격을 두고 갈등이 좀 있었거든. 그리고 수석 수리 기사의 원래 고향이 서울이라네."

"아무리 남산에서 대접을 잘해 준다고 해도 여기만 하겠어요?"

"나도 그게 궁금하네. 그러니까 내 앞으로 데리고 오게."

"지금쯤 남산에 가 있는 거 아닙니까?"

아랑의 물음에 시장이 고개를 저었다.

"남산 쪽에 심어 둔 스파이 얘기로는 오지 않았다고 하더군. 다른 곳에 은신해 있다가 조용해지면 이동하려고 하는 것 같네."

"그런 상태에서 행방을 찾으라는 말씀입니까?"

"걱정했는데 며칠 전에 단서를 찾았지. 그자가 이곳에 남은 동료들에게 연락을 하려고 바이커를 고용했는데 우리에게 찾아왔더군."

"참, 신용 없는 바이커군요. 의뢰를 받기 어려우면 거절을 하던가 하지."

"그 문제는 그다지 중요한 건 아니니까, 어쨌든 덕분에 그자가 지금 어디 있는지 알았네."

"어딘가요?"

아랑의 물음에 시장이 손짓을 했다. 그러자 뒤에 서 있던 경비대장이 벽 쪽으로 걸어가서는 커튼을 확 젖혔다. 그곳에는 솔라 시티를 중심으로 한 주변 지역의 지도가 그려져 있었는데 지도 위에는 약탈자 무리들이 머무는 곳과 정착지 그리고 바이커들이 오가는 길들이 그려져 있었다.

"멧돼지족 마을에 머물고 있어."

"그곳이라면 여기서 20킬로미터밖에 안 떨어진 곳이잖아요."

어깨를 으쓱거린 시장이 무표정하게 서 있는 경비대장을 보면서 대꾸했다.

"등잔 밑이 어둡다는 옛날 속담이 있지. 어쨌든 어디 있는지 알아냈지만 경비대를 보내기에는 여러모로 애매한 상황이라서 말이야."

"제가 할 일은요?"

"가서 그놈을 끌고 오게. 누구랑 무슨 작당을 했는지 알아내야 하니까."

"제 발로 여기서 도망친 사람인데 순순히 따라오겠어요?"

아랑의 말에 시장이 잠깐 침묵을 지켰다. 그러다가 가볍게 씩 웃었다.

"사실 살려서 데려올 필요는 없네. 그자가 가지고 도망친 매뉴얼만 회수해 와."

"어떤 매뉴얼요?"

"수리 방법을 적은 책. 사실 그자가 가지고 있는 기술은 밑에 기술자들도 다 알고 있어. 알 수 없는 이유로 고장 났을 때 어떻게 대처하느냐가 문제지. 그런 일이 일어날 경우 임기응변으로 대처하는 방식을 적은 비밀 매뉴얼 같은 게 기술자들 사이에서 전해져 내려오고 있다네. 그걸 '모험의 책'이라 부르지, 아마?"

"왜 모험의 책입니까?"

"고장 난 태양광 기계를 고치지 못하면 기술자들은 추방형을 비롯해서 다양한 처벌을 받기 때문이지. 그래서 모험을 하는 심정으로 고쳐야 한다는 뜻에서 그렇게 부른다는군."

"그걸 가지고 사라졌다고요?"

"태양광 발전소는 지어진 지 30년이 넘었어. 여기저기 고장이 나는 상황이라 수리를 자주 해야 하는데 모험의 책이 사라진 건 그동안의 노하우가 사라졌다는 걸 의미하지. 내가 시장으로 있는 동안에는 절대 있어선 안 될 일이네."

"결국 사람이 아니라 책이 중요한 셈이군요. 만약 책을 없애 버렸다면요?"

"그러지는 않았을 거네. 남산 쪽은 풍력으로 전력을 얻지 태양광을 쓰지는 않으니까, 모험의 책을 손에 넣어 태양광을 발전시키기 위해 수석 기술자를 흔든 게 분명해."

시장의 얘기를 들은 아랑은 경비대장이 보여 준 지도 쪽으로 걸어갔다. 그리고 유심히 바라보다가 천천히 고개를 저었다.

"별로 내키지 않네요."

"최고의 바이커 아랑도 겁을 먹을 때가 있군."

다소 도발적인 시장의 말에도 아랑은 꿈쩍하지 않았다.

"그래서 지금까지 살아남은 거죠. 멧돼지족 마을에 머문다는 건 그들의 비호를 받는다는 뜻이잖아요. 거길 뚫고 들어가서 따라오고 싶어 하지 않는 사람을 끌고 오는 건 불가능해요."

"남산 쪽에서 데리러 온 바이커로 위장하게. 그러면 별다른 의심을 하지 않을 걸세."

"제가 여기 의뢰를 받으러 몇 번 온지 아시죠? 아까 수문장도 절 알아볼 정도였는데 평생 여기서 산 수석 기술자가 제 얼굴을 못 알아보겠습니까? 거기다 남산 쪽과 암호 같은 걸 주고받았으면요?"

"정 어려우면 책만 가져오게."

"그 책이 어디 있는지 알아내려면 그 사람을 만나야 하잖아요. 멧돼지족은 손님을 보호하는 일에 쓸데없이 힘을 쓰는 종족이에요. 자존심도 엄청 세서 만약 속임수를 써서 데리고 가면 잊지 않고 보복하려고 할 겁니다. 시장님도 그걸 아시니 경비대를 동원하지 않고 바이커를 쓰려고 하는 거 아닙니까."

핵심을 찔렸는지 시장이 애매모호한 웃음을 지었다. 의자에서 일어난 아랑이 밖으로 나가려고 하자 경비대장이 앞을 살짝 막았다. 아랑이 웃으며 경비대장에게 말했다.

"한 번만 더 내 앞을 가로막으면 아주 안 좋은 일이 생길 거예요, 아저씨."

경비대장이 움찔하면서 시장을 바라봤다. 아랑은 소매에 감춰 둔 칼을 손끝으로 만지작거렸다. 그때 시장의 목소리가 들렸다.

"자네 어머니를 죽인 사람이 갈고리 손이었지, 아마?"

시장의 한마디에 아랑은 그 자리에서 굳어 버렸다. 동시에 십 년 전 그때로 돌아갔다. 폭풍우가 치던 밤, 엄마 손을 잡고 달리던 산길을 아랑은 한 번도 잊어 본 적이 없었다.

낙엽이 바스락거리는 소리와 벌레 우는 소리를 들으며 심장이 터질 것 같은 숨소리를 내면서 달렸다. 그러다가 낙엽 속에 감춰져 있던 나무뿌리에 발이 걸린 엄마가 넘어졌다. 어딘가 부러지는 소리가 들렸고, 일어나려던 엄마는 비명을 지르며 주저앉았다.

"어서 도망쳐라!"

"엄마, 같이 가!"

아랑이 울면서 팔을 잡아끌었지만 엄마는 뿌리치면서 말했다.

"나는 더 이상 못 가. 그러니까 어서 도망쳐!"

"엄마!"

"이제 그만 울어라. 아무리 울어도 들어 줄 사람이 없으니까."

마지막 순간 엄마가 한 그 말에 아랑은 정신이 번쩍 들었다. 그러고는 도망치라는 엄마의 손짓을 뒤로 한 채 어둠 속을 달렸다. 달리다가 지쳐서 나무를 붙잡았을 때, 살려 달라는 엄마의 비명 소리가 들렸다. 아랑이 고개를 돌려 쳐다봤을 때 마침 벼락이 치면서 아주 잠깐 세상이 밝아졌다. 그리고 그 순간, 겁에 질린 채 엎드려 있는 엄마의 머리 위로 갈고리 손을 높이 치켜든 남자가 보였다. 그것이 마지막으로 본 엄마의 모습이었다.

혼자서 도망친 아랑은 천신만고 끝에 바이커가 되었다. 남들의 간섭을 받지 않고 살 수 있으면서도 엄마를 죽인 원수인 갈고리 손을 찾아다닐 수 있는 직업이었기 때문이다.

아랑의 표정이 굳어진 걸 본 시장이 테이블 아래로 손을 뻗어서 서랍을 열었다. 그리고 날카로운 금속이 닿는 소리와 함께 뭔가를 꺼내서 올려놨다.

가까이 다가간 아랑은 그걸 내려다보면서 중얼거렸다.

"이건?"

"그자의 갈고리일세."

팔을 끼운 다음 고정할 수 있도록 가죽끈이 달려 있는 갈고리의 끝은 한없이 뾰족하고 날카로웠다. 조심스럽게 들어서 이리저리 살펴보던 아랑이 시장을 바라봤다.

"이게 그놈 거라는 증거는요?"

"갈고리의 뿌리 부분에 재미있는 흔적이 있더군."

시장의 얘기를 들은 아랑이 갈고리 아래 부분을 들여다봤다. 칼로 낸 듯한, 일정한 간격의 빗금 같은 흠집이 보였다.

"하나, 둘, 셋, 넷, 다섯, 여섯, 일곱, 여덟, 아홉, 열, 열하나, 열둘, 열셋, 열넷."

"자기가 죽인 사람의 숫자를 표시한 것 같네."

아랑은 갈고리를 테이블 위에 던지면서 물었다.

"이자 지금 어디 있습니까?"

"모든 일에는 순서가 있는 법이지. 가서 모험의 책을 찾아오면 이 갈고리를 차고 있던 남자의 행방을 알려 주겠네. 그리고 솔라 시티에서 6개월 동안 머물 수 있는 거주권과 필요한 물품을 공급받을 수 있는 공급권도 주겠네. 물론 매매도 가능하네."

아랑은 잠시 고민에 빠졌다. 갈고리의 주인이 엄마를 죽인 살인자라는 명백한 증거가 없었기 때문이다. 하지만 위험하다고 거절하기에는 너무나 좋은 조건이었다. 거기에다 바이커가 된 이후 처음으로 찾은 단서였다. 아랑이 아무 말 없이 서 있자 갈고리를 도로 서랍에 넣은 시장이 말했다.

"이전 세상에서는 사이코패스라는 게 있었다네. 재미로 사람을 죽이는 연쇄 살인마들을 그렇게 불렀지."

"지금도 서로 죽고 죽이잖아요."

"물론 그렇지. 하지만 뭔가 이유가 있지. 자네는 이유 없이 사람을 죽인 적 있나?"

시장의 물음에 아랑은 고개를 저었다.

"바이커들은 함부로 사람을 죽이지 않습니다. 그렇게 원한이 쌓이면 언제 어디서 뒤통수에 총알이 꽂힐지 모르거든요."

"맞아. 이 지랄 맞은 시대에서도 이유 없이 사람을 죽이지는 않지. 그런데 이자는 재미로 사람을 죽이고 다닌 거네. 어처구니없는 일이지."

한숨을 쉬는 시장에게 아랑이 말했다.

"수석 기술자를 데리고 나오는 건 어려울 거 같아요. 대신 책을 가지고 나올게요."

흡족한 표정을 지으며 시장이 대답했다.

"그 정도만 해도 충분하네. 목걸이를 가지고 주유소에 가서 기름을 보충하게. 필요한 것도 챙기고."

수석 기술자의 초상화와 목걸이를 챙긴 아랑이 나가려고 하자 경비대장이 문을 열어 줬다. 문밖에서 대기하고 있던 경비병에게서 아까 놓고 간 무기들을 챙기는데 경비대장이 말했다.

"죽이고 나서 증명할 수 있는 걸 가져와."

"머리라도 잘라 오라는 얘기예요?"

심드렁한 아랑의 대답에 경비대장은 손가락을 까닥거렸다.

"손가락을 잘라 와."

"그걸로 알아볼 수 있어요?"

"기술자들은 손가락에 문신을 새겨. 손으로 일을 하니까."

"그럼 경비대는요?"

아랑의 물음에 경비대장이 눈짓을 하자 경비병이 한쪽 팔을 걷었다. 어깨 바로 아래쪽에 총과 칼이 교차된 문신이 보였다.

"우린 여기에 있지. 솔라 시티를 지키는 어깨니까."

껄껄거리며 경비대장이 엘리베이터 쪽을 가리켰다. 하지만 아까 봤던 광경을 떠올린 아랑은 고개를 저었다.

"계단으로 내려갈게요."

센터를 나온 아랑은 바이크가 있는 곳으로 다가가면서 흥미로운 광경을 봤다. 아까 도착했을 때는 아무도 없던 센터 앞 광장 벤치 주변에 수십 명의 사람들이 모여 있었다. 벤치 위에는 허리까지 내려오는 치렁치렁한 긴 머리에 웃통을 벗어서 앙상한 몸매를 드러낸 남자가 두 팔을 벌리고 서 있었다. 얼굴에는 수염도 잔뜩 나 있어서 얼굴을 알아보기 어려웠지만 뜨거우면서도 차가워 보이는 눈빛만큼은 멀리서도 알아볼 수 있었다. 남자가 두 팔을 내려놓으며 카랑카랑한 목소리로 말했다.

"여러분! 이 지옥 같은 세상은 가짜입니다. 어떻게 이런 세상이 존재할 수 있겠습니까? 이건 분명히 신의 심판일 수밖에 없습니다. 그러니까 기도를 통해서 이 세상에서 깨어나 진정한 세상으로 가야만 합니다. 그것만이 우리가 살 길입니다."

그 후로도 말은 이어졌지만 횡설수설할 뿐이었다. 하지만 주변에 모인 사람들은 하나같이 진지한 표정으로 들었다. 어이없는 광경에 아랑은 코웃음을 치면서 바이크에 앉아 키를 꽂고 시동을 걸었다. 시동이 걸린 바이크의 배기음이 들리자 남자는 목소리를 높였다. 아랑이 출발하려는 찰나, 경비대장이 계단을 걸어 내려오는 게 보였다. 아랑은 다가오는 경비대장에게 벤치 위의 남자를 가리키면서 물었다.

"누구예요?"

"미친놈. 평양에서 온 것 같은데 맨날 저런 얘기를 하면서 돌아다니지."

"이 세상이 진짜가 아니라는 얘기가 먹힌다고요?"

기가 막히다는 듯한 아랑의 물음에 경비대장이 벤치 위의 남자를 바라보면서 대꾸했다.

"먹고살기가 힘들면 더 노력하는 사람도 있지만 정신 줄 놓고 포기하는 사람들도 있는 법이니까."

"그런데 시장님께서는 가만 놔두나요?"

피식 웃으며 경비대장이 고개를 저었다.

"그럴 리가 없지. 만약 시장님에 대해서 비난하는 얘기가 나오면 바로 추방하라는 지시가 떨어졌어. 지금까지는 그렇지 않으니까 봐주는 거고."

"낌새만 보여도 목을 매다는 시장님답지 않네요."

살짝 비아냥거리는 것 같은 아랑의 말에 경비대장의 표정이 굳어졌다.

"미친놈의 목까지 매달 필요는 없으니까. 수석 기술자는 미치지 않았으니까 목을 매달아야 하고."

"진짜 왜 도망친 겁니까?"

"몰라, 확실한 건 그놈이 모험의 책까지 챙겨서 도망치는 바람에 동료들 상황이 곤란해졌다는 거지. 나는 배신자를 가장 싫어해. 시장님도 마찬가지고."

얘기를 마친 경비대장이 어서 가라는 손짓을 하자 아랑은 시동을 건 바이크를 몰고 주유소로 향했다. 30만 명 정도가 살 수 있는 자급자족형 도시를 기반으로 한 솔라 시티에는 없는 게 없었다. 심지어 바이커들에게는 필수품인 기름도 풍부했다. 주유소는 시장이 있는 거리 끝에 있었다. 시장에는 솔라 시티 밖에서 잡아 온 동물의 고기부터 파괴된 옛 도시에서 가져온 각종 물품들이 팔리고 있었다. 그리고 핵전쟁의 방사능 때문에 생긴 돌연변이를 파는 곳도 보였다. 보통 사람을 노예로 쓰는 경우는 드물었지만 머리가 두 개이거나, 손가락이 이상하게 생긴 돌연변이들은 대개 노예로 사고팔리곤 했다. 아랑은, 머리카락이 하나도 없고, 눈도 하나밖에 없는 어린 여자 돌연변이를 보고는 쓰디쓴 미소를 지으며 지나쳐 갔다. 시장 곳곳에는 총과 곤봉을 든 경비병들이 순찰을 돌면서 감시를 하는 중이었다. 그들을 지나 주유소에 도착한 아랑은 다가오는 경비병에게 원반이 달린 목걸이를 보여 주면서 말했다.

"기름 꽉 채워 주세요."

목걸이를 확인한 경비병이 바이크를 안으로 끌고 들어오라는 손짓을 했다. 안으로 들어가자 드럼통과 연결된 호스를 들고 있던 노인이 다가와 기름을 채워 줬다. 아랑은 티를 내지는 않았지만 값비싼 기름을 가득 채울 수 있다는 사실이 굉장히 기뻤다. 연료를 다 채운 노인이 조심스럽게 호스를 들고 물러나자 경비병이 목걸이를 달라는 손짓을 했다. 목걸이를 건넨 아랑은 바이크의 시동을 걸고 천천히 주유소를 빠져나왔다. 머플러를 통해 우렁찬 엔진음이 들리자 시장을 오가는 사람들이 조용히 옆으로 비켜섰다. 지난번에 잃어버린 선글라스 대신 고글을 쓰고 텐덤 시트 아래에서 헬멧을 꺼내서 머리에 썼다. 턱 끈을 조인 아랑은 클러치를 잡고 기어를 밟았다. 그다음 스로틀을 감아 주자, 계기판의 RPM이 올라갔다. 말이 끄는 마차나 자전거, 기껏해야 목탄으로 가는 자동차 정도만 보던 정착지의 주민들에게 두 바퀴로 가는 바이크는 신기한 구경거리였다. 웅성거리는 목소리를 뒤로 하고, 아랑은 속도를 높여 정문으로 향했다. 아까 봤던 수문장이 손을 흔들며 아는 척을 했다.

"이번에는 무슨 일이야?"

아랑은 큰 목소리로 대답했다.

"책 찾으러 가요!"

수문장이 잘 다녀오라고 외치자 아까 막아서려고 했던 경비병이 냉큼 문을 열어 줬다.

솔라 시티 바깥은 무법천지에 약육강식의 장소였다. 따라서 살아남기 위해서는 누군가를 죽일 수밖에는 없었다. 그걸 피해서 모인 사람들이 만든 곳이 정착지였고, 그곳에서는 상대적으로 안전했지만 바깥으로 나가는 것은 극히 어려웠다. 기껏해야 정착지 근처를 오가는 정도였다. 핵전쟁 이후의 세상에서 정착지를 오가는 것은 대개 바이커들의 몫이었다. 도로가 남아 있긴 하지만 대부분 자동차와 다른 장애물들로 막혀 있는 상태였고, 오가는 사람들을 노리는 약탈자들과 도둑들이 득실거렸다. 따라서 장애물들을 잘 피해 가고, 빠른 속도로 약탈자들을 따돌릴 수 있는 바이크를 모는 바이커를 이용하는 것이 가장 안전한 교통수단이었다. 그래서 정착지 주민들은 물건이나 문서를 주고받거나 사람 한두 명을 보낼 때 바이커를 이용했다. 물론 대규모 호위 병력을 붙여서 이동하는 수도 있지만 제대로 습격을 당하면 인명 피해나 물적 손실은 피할 수 없었기 때문에 가급적이면 바이커들을 이용했다.

어릴 때 엄마를 잃은 아랑은 애꾸눈이라는 별명을 가진 바이커에게 거둬졌다. 그리고 애꾸눈을 따라 바이커 노릇을 했다. 안전하긴 하지만 숨이 막힐 것 같은 규칙이 있고 지도자의 기분에 따라 언제 추방될지 모르는 정착지보다는, 위험하더라도 이곳저곳을 오가며 자유롭게 가는 바이커가 그녀의 적성에 맞았다. 거기에다 엄마를 죽인 갈고리 손을 찾기 위해서라도 세상을 돌아다녀야만 했다. 그래서 몇 년 동안 행방조차 찾지 못했던 그의 단서를 뜻밖에 마주친 지금, 아랑은 살짝 흥분을 감추지 못했다.

스로틀을 당겨서 계속 속도를 높인 아랑은 도로로 접어들었다. 이전 시대에는 이곳이 남북한으로 갈렸던 곳 근처라는 이야기를 들었다. 그 때문인지 도로는 대부분 좁고 신호등이 별로 없었다. 오가는 차량들도 거의 없었다. 다만 중간중간에 약탈자들이, 오가는 바이커들을 노리고 만들어 놓은 장애물들이 있었다. 그중에서도 가장 골치 아픈 것은 오가는 바이커들을 넘어뜨리기 위해 쳐 놓은 줄이었다. 얼굴 높이의 줄은 헤드라이트가 있던 부분에 달아 놓은 커터로 해결할 수 있지만 바퀴 높이의 줄은 잘 보고 피하는 수밖에는 없었다. 아랑은 앞을 보고 달리면서 수석 기술자를 만나 어떻게 책을 손에 넣을지에 대한 고민에 빠졌다.

'제 발로 도망쳤는데 순순히 돌아오지는 않을 거고, 매뉴얼 때문에 도망쳤다면 그걸 달라고 해도 넘겨줄 리가 없잖아. 거기에다 멧돼지족 문제도 있고……'

더 큰 문제는 표면적인 의뢰 뒤에 감춰진 이유였다. 솔라 시티 내부에는 많은 세력들이 있었고, 그들은 각자 주도권을 잡기 위해 경쟁을 하는 중이었다. 그 정점에 있는 시장은 그런 세력들을 억누르거나 경쟁을 부추기면서 자신의 자리를 지켰다. 때로는 눈에 띄게 했고, 어떤 때는 아무도 모를 정도로 교묘하게 처리하면서 절대 권력을 유지한 것이다. 그렇다 보니 솔라 시티에서 그보다 오래 시장의 자리에 있던 사람은 없었다.

'수석 기술자가 모험의 책을 가지고 솔라 시티를 탈출한 것은 어쩌면 시장의 권력이 흔들리고 있다는 증거일 수도 있지.'

고집이 센 멧돼지족도 그렇고 솔라 시티에서 도망친 당사자가 제 발로 돌아오지 않을 게 뻔했기 때문에 고민은 계속 되었다.

아랑은 스로틀을 더 당겨서 속도를 높였다. 솔라 시티 근처의 도로는 그나마 파손이 덜 되어서 달리기는 좋았지만 도로 주변에 남북한으로 나눠졌을 때 매설한 지뢰들이 곳곳에 깔려 있어서 언제 터질지 몰랐다. 게다가 바이커나 여행자들을 노리는 약탈자들이 잔뜩 있어서 여러 가지 문제가 생길 수 있었다.

바짝 긴장한 채 달리던 아랑의 눈에 약탈자들이 쳐 놓은 쇠사슬이 도로 중간에서 출렁이는 게 보였다. 웬만한 줄은 커터로 절단할 수 있었지만 쇠사슬은 얘기가 달랐다. 양쪽 핸들의 브레이크를 잡으면서 브레이크 페달을 밟았지만 거리가 너무 가까웠다. 결국 오토바이를 옆으로 눕혀서 쇠사슬 아래를 아슬아슬하게 통과했다. 하지만 균형을 잃은 바이크는 비틀거리다가 도로를 막고 있는 자동차를 들이받았다.

"아악!"

튕겨져 나간 아랑은 바닥에 머리부터 떨어지면서 큰 충격을 받았다. 다행히 헬멧을 쓴 덕에 큰 부상은 피했다. 하지만 충격을 받은 헬멧이 옆으로 돌아가면서 앞이 제대로 보이지 않았다. 그때 약탈자들 특유의 냄새와 발자국 소리가 느껴졌다. 몸을 옆으로 던진 아랑은 턱 끈을 풀어서 헬멧을 벗었다. 도로에 세워진 자동차들 사이로 약탈자들의 모습이 보였다. 어느새 가장 가까이 다가온 약탈자가 괴성을 지르며 쇠붙이가 붙은 몽둥이를 아랑을 향해 휘둘렀다. 손에 들고 있던 헬멧으로 겨우 몽둥이를 막은 아랑은 허리춤을 더듬어서 권총을 찾았다. 하지만 떨어질 때의 충격으로 어디론가 사라진 것 같았다.

"젠장!"

아랑은 뒤로 물러났다. 그러면서 부츠에 넣어 둔 대검을 꺼냈다. 하지만 약탈자가 휘두른 몽둥이에 손목을 맞으면서 떨어뜨리고 말았다. 누런 이를 드러낸 약탈자가 기세를 올리며 다가왔고, 다른 약탈자들은 넓게 포위망을 형성한 채 그 모습을 지켜봤다. 옆으로 한 바퀴 굴러서 피한 아랑은 다가오는 약탈자를 향해 발길질을 했다. 아랫배를 걷어차인 약탈자가 비틀거리자 아랑은 그 틈을 노려서 자동차 위로 도망쳤다. 한두 명이 아닌 약탈자들과 정면 대결을 하는 건 어리석은 짓이라고, 스승인 애꾸눈이 항상 강조하던 게 떠올랐다. 아랑이 위기에서 벗어나 빠져나갈 조짐을 보이자 지켜보고 있던 약탈자들이 서서히 포위망을 좁혔다. 아랑은 자동차 지붕과 보닛을 밟으면서 약탈자들의 포위망을 벗어나려고 했다. 하지만 약탈자 중 한 명이 던진 쇠사슬에 발목이 걸리고 말았다. 지붕 위에서 넘어진 아랑은 보닛으로 떨어졌다가 바닥으로 내동댕이쳐졌다. 가까스로 비명을 참은 아랑은 세워진 자동차의 범퍼에 발을 대고 끌려가지 않게 버텼다. 그러다 앞바퀴 아래 떨어진 K-5권총을 발견했다. 재빨리 손을 뻗어서 권총을 움켜쥔 아랑은 보닛 위에서 뛰어내리려는 약탈자의 무릎을 겨누고 방아쇠를 당겼다.

탕!

날카로운 총성과 함께 약탈자가 비명을 지르며 몸을 뒤틀었다. 위로 떨어지는 약탈자를 피해 몸을 옆으로 굴린 아랑은 발목에 감긴 쇠사슬을 잡고 있던 약탈자를 겨눴다. 총구가 자신을 향하는 걸 본 약탈자는 쇠사슬을 버리고 몸을 피했다. 그 틈에 느슨해진 쇠사슬을 풀어 버린 아랑은 절뚝거리며 일어났다. 총소리를 들은 약탈자들이 자동차 사이사이에 몸을 숨긴 것이 보였다. 어차피 약탈자와 싸울 생각이 없던 아랑은 절룩거리며 바이크가 넘어진 곳으로 향했다.

그때 녹슨 미니버스 위에서 약탈자가 창을 겨누고 있는 게 보였다.

"이런!"

몸을 날린 아랑은 머리 위를 스쳐 지나간 창이 자동차의 깨진 유리창에 박히는 소리를 들었다. 머리카락에 묻은 유리 조각을 털어내며 일어난 아랑은 창을 던진 약탈자를 겨눴지만 이미 종적을 감춘 뒤였다. 그 후로도 돌과 날카로운 쇠붙이들이 날아왔지만 아랑이 권총을 가지고 있는 걸 안 약탈자들은 쉽사리 접근하지 못했다. 도로 옆에 넘어진 바이크로 다가간 아랑은 메인 시트 아래 꽂아 둔 K-2 소총을 꺼냈다. 그리고 바이크 뒤에 몸을 숨긴 채 다가오려는 약탈자들에게 몇 발 발사했다. 권총과는 다른 묵직한 총성에 약탈자들이 비명을 지르며 흩어지는 게 보였다. 바이크를 일으켜 세우는 동안 화살이 몇 개 날아왔다. 그중 하나가 옆구리에 살짝 박혔지만 개의치 않고 시동을 걸었다. 스로틀을 당겨서 RPM을 높인 아랑은 앞바퀴를 들어서 기회를 노리는 약탈자들에게 위협을 가했다. 놀란 약탈자들이 물러나자 아랑은 곧장 도로를 달렸다.

자동차들을 피해 속도를 높이려는 찰나, 용감하고도 무모한 약탈자 한 명이 굽은 칼을 들고 앞을 가로막았다. 앞바퀴의 펜더에 올라탄 약탈자가 계기판을 붙잡고 칼을 휘두르는 바람에 어깨를 찔렸다. 하마터면 핸들을 놓쳐서 넘어질 뻔했지만 간신히 정신을 차렸다. 속도가 줄자 약탈자가 칼을 높이 치켜든 채 의기양양한 모습을 보였다. 그러나 아랑이 뒷바퀴 브레이크를 잡자 약탈자는 가볍게 튕겨 나갔다. 그사이에 옆구리에 박힌 화살을 뽑아 내동댕이친 아랑은, 비틀거리며 일어난 약탈자를 그대로 바이크로 들이받아 버렸다. 옆으로 튕겨 나간 약탈자의 애처로운 비명을 뒤로한 채 속도를 높였다.

핵전쟁 이후 문명이 붕괴되면서 사람은 줄고, 동물들이 늘어났다. 그중에서 가장 늘어난 것은 바로 멧돼지였다. 멧돼지족은 멧돼지를 잡아먹으면서 그들을 숭배했다. 그만큼 억세고 강인해서 약탈자들도 좀처럼 건드리지 못했다. 멧돼지마을은 멧돼지산이라고 불리는 곳 중턱의 계곡에 있었다.

약탈자의 공격에서 벗어나 가는 내내 아랑은 어떻게 할까 고민했지만 답은 정면 돌파 한 가지밖에 없다는 결론이 나왔다. 멧돼지족이 사는 마을을 찾는 건 어렵지 않았다. 길 양쪽에 멧돼지 이빨과 뼈를 이정표처럼 박아 놨기 때문이다. 길이 좁아지는 계곡 초입에는 멧돼지 가죽을 뒤집어쓰고 창을 든 부족원이 보였다. 아랑은 바이크를 멈추고 두 손을 들어서 나쁜 뜻이 없다는 걸 보여 줬다. 그걸 본 멧돼지족이 안으로 들어오라는 손짓을 했다. 아랑은 천천히 바이크를 몰고 계곡 안으로 들어갔다. 계곡 안쪽에는 나무로 엮은 문과 바리케이드가 보였다. 시동을 끈 바이크에서 내린 아랑을 본 멧돼지족이 다가왔다. 멧돼지 가죽을 망토처럼 두르고 목에는 멧돼지 어금니들을 줄로 엮어서 목걸이처럼 두르고 있었다. 창을 겨눈 그가 아랑에게 물었다.

"무슨 일인가? 바이커."

"이곳에 있는 손님을 만나러 왔습니다."

"솔라 시티에서 온 손님 말인가?"

아랑이 대답 대신 고개를 끄덕거리자 창을 겨눈 멧돼지족이 대답했다.

"그는 아무도 만나지 않겠다고 했다."

"그에게 반드시 전달할 전언을 가지고 왔습니다. 그에게 물어봐 주십시오."

"전달할 테니 말해."

"직접 전달해야 합니다."

"그는 아무도 만나지 않겠다고 했네."

"그럴 리가 없습니다. 이곳에서 누군가를 기다리고 있던 게 아니었나요?"

아랑의 반박에 창을 든 멧돼지족이 잠시 주저하다가 창을 내려놨다. 아랑은 그 틈을 노려서 말했다.

"오다가 약탈자의 공격을 받아서 다쳤습니다. 도움을 요청합니다."

멧돼지족은 약탈자는 미워하지만 그렇지 않은 사람들의 도움 요청은 거절하지 않는다는 철칙이 있었다. 아랑이 몸을 살짝 돌려서 옆구리에 난 피를 보여 줬다. 그걸 본 멧돼지족이 옆으로 물러났다.

"들어와서 기다려."

문이 열리고 안으로 들어선 아랑은 바리케이드에 몸을 기댔다. 멧돼지족이 창을 바닥에 꽂고는 마을 안으로 들어갔다. 몇 걸음 움직인 멧돼지족이 양옆에 늘어선 사육장에 있는 멧돼지들을 가리키면서 말했다.

"내가 오기 전까지 들어오지 마. 냄새가 없으면 이 멧돼지들이 덤벼드니까."

엄청난 덩치와 뾰족한 어금니를 자랑하는 멧돼지들을 본 아랑이 어깨를 으쓱거렸다.

"알겠어요."

멧돼지 사이를 유유히 지나서 마을로 향했던 멧돼지족이 돌아왔다.

"널 만나겠다고 했어. 바이크는 여기 놔두고 따라와."

땅에 꽂은 창을 뽑아 든 멧돼지족이 앞장서면서 말했다.

"내 이름은 창수야. 창잡이라는 뜻이지."

"아랑이라고 해요."

꿀꿀거리는 멧돼지들 사이를 지나자 야트막하게 지어진 집들이 보였다. 그 앞에는 사냥에서 잡은 멧돼지들이 거꾸로 매달려 있었다. 어른들이 예리한 칼로 가죽을 벗겨 내면 그 옆에서는 아이들이 가죽에 있는 털을 뽑았다. 드럼통으로 만든 솥에서는 김이 펄펄 나는 중이었고, 멧돼지 사냥에 동원되는 사냥개들은 진흙탕 속에서 뼈다귀를 문 채 뒹굴고 있었다. 울타리가 있는 몇 채의 집들을 지나서 안쪽으로 들어가자 광장 같은 공간이 나왔다. 멧돼지가 조각된 거대한 기둥이 우뚝 서 있었고, 주변에는 돌들이 쌓여 있었다. 그 뒤로 기다란 집이 보였는데 벽은 여기저기서 집어 온 벽돌과 널빤지 같은 걸로 만들어졌고, 지붕은 문짝 같은 걸 올리고 무거운 돌로 눌렀다. 처마에는 멧돼지의 뼈와 이빨을 주렁주렁 달아 놨다.

문 앞에는 한눈에 봐도 멧돼지족이 아닌 것처럼 보이는 중년의 남자가 서 있었다. 솔라 시티에서 흔히 볼 수 있는 회색의 셔츠와 녹색 바지 차림으로 깡마르고 신경질적으로 보였다. 아랑이 다가가자 남자는 비틀거리는 걸음으로 앞으로 나와서 멧돼지가 조각된 기둥 앞에 섰다. 몇 발자국 떨어진 곳에 서 있던 창수가 팔짱을 낀 채 두 사람을 지켜봤다. 아랑은 눈앞의 남자가 시장이 보여 준 초상화 속의 수석 기술자와 같은 사람이라는 것을 확인하고는 입을 열었다.

"짐작하셨겠지만 시장이 보냈습니다."

"그럴 거라고 생각했네. 메시지를 가져왔나?"

"의뢰를 받았습니다."

몇 번 눈을 깜빡거리던 수석 기술자가 한숨을 쉬며 창수를 바라봤다.

"우리끼리 잠깐 얘기를 해도 되겠나?"

아랑을 힐끔 바라보며 창수가 말했다.

"바이커는 믿을 만한 존재가 아닙니다."

"내가 믿어 보겠네."

수석 기술자의 대답에 창수가 고개를 끄덕거리고는 마을 입구로 향했다. 수석 기술자는 아랑에게 기다란 집 뒤쪽으로 돌아가자고 말했다. 앞장선 수석 기술자를 따라 집 뒤로 돌아간 아랑은 뜻밖의 풍경에 걸음을 멈췄다.

"물레방아네요."

"아주 간단한 수력 발전 방식이지. 곡물을 찧거나 작은 모터를 이용해서 전기를 발생시킬 수 있네."

물레방아 앞에 선 수석 기술자가 물었다.

"시장이 내 목을 가져오라고 하던가?"

"너무 커서 어렵다고 했습니다. 거기다 멧돼지족이랑 틀어지면 좋을 것도 없잖아요."

"순박하고 의리 있는 사람들이지. 솔라 시티랑 틀어질 수도 있는데 아무 조건 없이 나를 손님으로 받아들여 줬거든."

"아무리 여기가 좋다고 해도 솔라 시티에 비할 바는 아닐 겁니다. 왜 도망친 겁니까?"

아랑의 질문을 받은 수석 기술자가 물레방아를 물끄러미 바라보다가 대답했다.

"살기 위해서."

"시장이 어떤 사람인지 잘 알잖습니까? 동료들을 버리고 혼자 도망친 건 비겁한 짓입니다."

"시장이 그렇게 얘기하던가? 아! 경비대장이 그랬겠군."

아랑이 아무 대답 없이 지켜보자 수석 기술자가 한숨을 쉬었다.

"다른 사람들이 보기에 우리 기술자들은 아주 잘 먹고 잘 지내는 걸로 보일 거야."

"그렇지 않나요?"

"겉으로는 그렇지. 하지만 고장 난 기계를 고치지 못하면 우리가 책임져야 하네. 문제는……."

덜커덩거리는 소리를 내는 물레방아를 잠시 바라보던 수석 기술자가 말을 이어갔다.

"태양광 발전소가 곧 멈출 수도 있다는 사실이지."

"그동안 잘 작동했잖아요."

"기계는 아무리 정성껏 고치고 손을 봐도 언젠가는 고장 나게 마련이야. 태양광 발전소는 지어진 지 40년이 다 되어 가고 있고, 수리 부품도 거의 다 떨어졌어. 솔라 시티에서 태양광 발전소가 멈춘다면 어떤 일이 벌어지겠나?"

"더 이상 솔라 시티가 아니겠죠."

아랑의 대답에 수석 기술자가 고개를 끄덕거렸다.

"물론 풍력과 수력 발전으로 대체하려고 준비 중이지만 태양광 발전처럼 대량의 전기를 얻기는 힘들 거야. 그렇다면 시장이 어떻게 나올 거 같나?"

수석 기술자의 질문에 잠시 생각하던 아랑이 대답했다.

"누군가에게 책임을 묻겠죠."

"그게 바로 우리가 될 걸세. 우리는 작년부터 태양광 발전소가 영구히 멈출 수 있을 거라고 계속 얘기해 왔지만 시장은 묵살했지."

"그래서 도망친 겁니까?"

"우리끼리 모여서 회의를 했네. 어떻게 하면 시장에게 목이 매달리지 않고 살아남을 수 있을지 답을 찾기 위해서 말이야. 결론은 누군가 모험의 책을 가지고 도망치는 게 최선이라는 답이 나왔지."

"그게 바로 당신이고요?"

"난 가족도 없고, 결정적으로 멧돼지족과 인연이 있어서 도움을 요청할 수 있었으니까."

수석 기술자의 얘기를 들은 아랑이 물었다.

"시장과 경비대장은 남산 쪽과 손을 잡은 걸로 알고 있어요."

"그럼 일이 더 복잡해져. 내가 원하는 건 기술자들의 안전을 보장받는 것이니까."

"그럴 가능성은 별로 없을 것 같네요. 시장과 경비대장이 아주 벼르고 있습니다."

"그래서 모험의 책을 가지고 도망친 거지. 나는 다른 기술자들로 대체가 가능하지만 모험의 책은 하나뿐이니까."

"나에게 당신을 죽였다는 표식과 모험의 책을 찾아오라는 의뢰를 했습니다. 저는 그걸 받아들일 수밖에 없는 상황이고요."

"우리 모두 살 수 있는 방법을 찾아보도록 하지."

"지금 같은 시대엔 불가능한 일이네요."

"복사본이 하나 있으니 그걸 주겠네."

"원본이랑 얼마나 다릅니까?"

"겉으로 보기엔 똑같아서 복사본이라는 사실을 금방 알아차리진 못할 거야. 만약 알아차린다고 해도 원본을 찾으려고 다시 애써야 할 거고, 그동안 시간을 벌 수 있지."

수석 기술자는 뒷주머니에 꽂혀 있던 책을 보여 줬다. '모험의 책'이라는 글씨를 본 아랑이 그걸 쥐고 있는 수석 기술자의 손가락에 새겨진 문신을 쳐다봤다.

"당신을 죽인 흔적도 같이 가져오라고 했습니다."

아랑의 차가운 말투에 수석 기술자가 대꾸했다.

"미안하지만 멧돼지족이 있는 한 불가능할 거야."

"바이커는 의뢰받은 일은 어떻게든 해냅니다. 제 별명이 뭔지 아십니까?"

"아니."

수석 기술자의 대답을 들은 아랑이 부츠에 숨겨 둔 대검을 뽑으며 대답했다.

"마녀랍니다. 피와 죽음을 두려워하지 않는."

바이크를 몰고 나타난 아랑을 본 정문의 경비병은 지난번과는 달리 잠자코 문을 열어 줬다. 곧장 센터로 향한 아랑은 광장에 나와 있는 경비대장과 만났다. 계단을 내려온 경비대장이 아랑을 보고는 한마디 했다.

"상처가 있군."

"멧돼지족이랑 말이 잘 안 통해서요."

아랑이 희미하게 웃으며 피가 묻은 보자기를 건넸다. 조심스럽게 그것을 펼친 경비대장은 피 묻은 손가락이 든 것을 보고는 흡족한 표정을 지었다.

"그놈 손가락이 맞군. 책은?"

아랑은 오토바이의 텐덤 시트 안에 들어 있던 모험의 책을 꺼내서 건네줬다. 책을 넘겨받은 경비대장의 표정이 굳어졌다.

"원본이 아닌 것 같은데?"

"남산이나 다른 쪽으로 넘긴 것 같아요. 그건 혹시 몰라서 남겨 놓은 복사본이라고 했고요."

"모험의 책이 필요하지 복사본이 필요한 건 아니야."

"나한테 의뢰할 때는 책을 가져오라고 했지 복사본이나 원본을 구분하지는 않았던 거 같은데요?"

아랑의 대꾸에 경비대장이 어깨를 으쓱거렸다.

"그렇긴 하지."

"원본을 찾고 싶으면 따로 의뢰하세요. 하지만 비용이랑 시간이 꽤 걸릴 겁니다."

"일단 시장님께 보고하겠네."

피 묻은 손가락이 든 보자기와 모험의 책 복사본을 챙기고 돌아서려는 경비대장에게 아랑이 말했다.

"이제 약속한 단서를 주시죠."

그 얘기를 듣고 경비대장이 히죽 웃었다.

"그걸 깜빡했군. 갈고리 손은 몇 달 전에 솔라 시티에 나타나서 경비원으로 잠깐 일했어."

"원래 뜨내기한테는 경비 일을 시키지 않잖아요."

"그렇긴 한데 추천장이 있어서 말이야. 우리도 의심해서 외곽 경비만 맡겼지. 그런데 어느 날 밤, 사고를 쳤어. 지나가는 방랑자를 공격해서 처참하게 죽인 거지. 그냥 넘어갔으면 아무도 몰랐을 텐데 방랑자의 귀를 잘라 와서는 동료들에게 자랑을 하는 바람에 걸렸지."

"그래서요?"

"감옥에 가두고 심문을 했는데 어느 날 종적을 감췄어. 저 갈고리는 체포했을 때 압수했던 거고."

"결론은 '어디 있는지 모른다'네요?"

발끈한 아랑의 말에 경비대장이 고개를 저었다.

"그건 아니고. 행방을 수소문하다가 흥미로운 얘기를 들었어."

아랑이 날카로운 눈빛으로 쏘아보자 경비대장이 어깨를 으쓱하면서 대답했다.

"북쪽에 살인자 집단이 나타났는데 대장이 외팔이라고 하더군."

"어디쯤이죠?"

"여기저기 떠돌다가 공항이 있던 쪽에 자리를 잡았다고 하더군. 거기에 있던 약탈자 무리들을 몰아내고 말이야."

얘기를 마친 경비대장이 계단을 올라갔다. 엄마를 죽인 범인에 대한 단서를 찾은 아랑은 다시 바이크에 올라탔다. 사실 수석 기술자는 죽지 않았다. 손가락을 하나 잘라 가서 죽은 것처럼 위장을 하고 복사본을 시장에게 보여 주기로 한 것이다. 그럼 원본을 찾기 전까지는 기술자들을 건드리지 못할 것이라고 수석 기술자를 설득했다. 결국 수석 기술자가 설득에 응하면서 아랑의 위험천만한 모험은 일단 끝을 낼 수 있었다.

바이크의 시트에 걸터앉아 한숨을 돌리던 아랑에게 누군가 다가왔다. 치렁치렁한 긴 머리에 덥수룩하게 수염이 난 남자였다. 지난번에 사람들 앞에서 연설을 하는 모습이 기억난 아랑은 그를 바라봤다.

다가온 남자는 아랑의 머리에 갑자기 손을 올렸다.

"깨어나라!"

"뭐 하는 짓이야!"

놀란 아랑이 머리를 치우면서 허리 뒤에 찬 권총을 움켜잡았다. 남자는 다시 아랑의 어깨에 손을 올렸다.

"우리는 지금 가짜 세상에 살고 있어. 그러니까 진짜 세상으로 찾아가기 위해서는 깨어나야 한다."

"이봐!"

아랑은 버럭 소리를 지르며 그의 턱에 권총을 겨눴다.

"어디에 진짜 세상이 있는데?"

남자는 하늘을 올려다보면서 대답했다.

"그들이 내려다보고 있어."

아랑은 저도 모르게 남자를 따라 하늘을 올려다봤다. 먹구름이 잔뜩 낀 하늘은 당장이라도 비가 올 것만 같았다. 아랑은 남자를 힘껏 떠밀었다.

"한 번만 더 이상한 소리 하면 머리에 총알 구멍이 날 줄 알아."

아랑이 바이크의 시동을 걸고 떠나려고 하자 남자가 뒤에서 고래고래 소리를 질렀다.

"우리는 가짜 세상에 살고 있어. 이제 깨어나야만 한다."

남자의 말을 무시한 채 아랑은 공항으로 가는 길을 떠올렸다. 스로틀을 당겨서 속도를 높인 아랑이 바람을 향해 중얼거렸다.

"이제 복수를 할 시간이군."

귀서(鬼書)

전건우

뜨거운 여름밤에 이곳까지 찾아와 주셔서 정말 감사합니다. 교통편이 조금 불편하셨죠? 버스도 마땅찮고 지하철역과는 또 턱없이 멀고. 아무튼, 저는 그래서 이곳을 좋아하기는 합니다. 뭐라고 할까요, 각오를 하게 된달까요? 시간과 노력을 들인 만큼 반드시 뭔가를 써야겠다는 생각을 하게 되죠. 일종의 강제 동기 부여인 셈입니다. 제가 알기로는 비슷한 이유로 이곳을 찾는 사람이 꽤 있습니다. 모두 뭔가를 쓰는 사람들, 그러니까 작가들이죠.

그러고 보니 이 자리에도 작가를 꿈꾸는 분들이 계시겠군요. 저도 그랬습니다. 지망생이던 시절에 좋아하는 작가의 북 토크마다 따라다니며 열심히 메모도 하고 질문도 했죠. 지금에 와서 되짚어 보면 그런 자리에서 특별한 걸 배우지는 못했습니다. 다만 동기 부여가 됐죠. 나도 저 자리에 앉아서 다른 사람을 향해 내가 쓴 책에 관해 이야기하는 작가가 되겠다, 뭐 이런 다짐을 하곤 했으니까요.

그렇기에 제게는 오늘 이 모임이 아주 뜻깊게 다가옵니다. 10여년 전에 했던 다짐을 이루는 자리이니까요. 왜 지난 10년 간 얼굴 없는 작가로 살아왔느냐고 궁금해하실 분도 계실 겁니다. 그 질문에 대한 답은 이 강연의 마지막쯤에 드리겠습니다. 그러니 아무리 지루하더라도 끝까지 자리를 뜨시면 안 됩니다. 뭐, 일종의 유인책인 셈이네요. 하하.

그렇다면, 오늘 강연의 주제를 한번 볼까요?

'공포 소설가의 삶과 철학'이라…….

이 강연회를 기획한 분들에게는 죄송한 말이지만 저라면 이런 주제의 강연은 절대 듣지 않을 것 같습니다. 공포 소설가의 삶을 궁금하게 여기는 사람이 몇 명이나 될까요? 더군다나 철학이라니, 이건 마치 놀이공원에서 평안과 휴식을 찾는 것과 마찬가지입니다. 저는 이런 거창한 주제의 강연을 할 수 있는 사람이 아닙니다. 베스트셀러 작가라고 해서 모두 뛰어난 인문학적 소양을 가졌다는 편견은 버려야 합니다.

그래서 오늘 저는 이 주제가 아닌 제가 하고 싶었던 이야기를 들려 드릴까 합니다. 혹 공포 소설가의 삶과 철학에 관심이 있어 찾아오신 분이라면 미리 죄송하다는 말씀을 드려야겠네요. 이쯤 되면 저 사람이 무슨 말을 하고 싶은 건지 몹시 궁금할 겁니다. 궁금증을 자아내게 만드는 것이야말로 소설가의 장기라 할 수 있죠.

자, 사설이 길었습니다.

그러면 강연, 아니 이야기를 시작하겠습니다.

오늘의 주제는 '귀신 들린 책', 즉 '귀서'입니다.

벌써 당황하는 분들이 보이는군요. 어리둥절해하시는 분도 있고요. 반대로 눈을 반짝이며 호기심을 보이시는 분들도 있네요. 어떤 부류이건 '귀서'라는 단어는 처음 들으실 겁니다. 저도 마찬가지였습니다. 그 사건이 없었다면 공포 소설가임에도 귀서에 대해서는 모르고 살아갔을 겁니다.

꽤 오래전이죠, 지금으로부터 10년 전의 이야기이니까요. 그러니까 제가 막 공포 소설가로 데뷔를 해서 활동하던 그 무렵의 일입니다. 그때는 열정적이기도 했지만 겁도 없었습니다. 필요한 자료나 정보를 얻기 위해서라면 일면식도 없는 사람에게까지 찾아가 인터뷰를 요청하곤 했으니까요.

그러다 보면 참으로 다양한 사람을 만나게 됩니다. 영안실에서 일하는 사람, 특수 청소를 하는 사람, 프로파일러, 용하다고 알려진 무당 등 각자 개성이 뚜렷한 사람들과 인터뷰를 하고 그걸 소설에 녹여 냈습니다. 제가 초기에 쓴 작품을 좋아하는 독자들은 아마도 그런 현장감이라고 할까, 아니면 생생함이라고 할까, 아무튼 그런 느낌을 즐기시는 분들일 겁니다.

한번은 이런 일도 있었습니다.

소방관과 인터뷰를 하고서는 불을 소재로 한 단편 소설을 썼는데 항의를 받았습니다. 인터뷰했던 그 소방관에게서 말이죠. 소방관을 너무 무력한 존재로 그렸다는 게 항의의 요지였습니다. 제 작품을 다시 읽어 보니 그렇게도 볼 수 있겠다는 생각에 정중히 사과를 했죠. 이렇듯 사실에 기대어 소설을 쓰면 장단점이 생깁니다.

아까 말했던 귀서의 존재도 인터뷰를 통해 알게 됐습니다.

당시 저는 첫 장편 소설을 준비하고 있었습니다. 여러 가지 소재를 놓고 어떤 게 제일 좋을지 고민하는 나날들이었죠. 우선은 제가 가장 좋아하는 귀신과 무속에 중점을 두고 자료를 모으기 시작했습니다. 조선 시대부터 지금까지, 귀신이 등장하는 이야기라면 모조리 찾아보겠다는 일념으로 매일 밤 인터넷을 뒤지고 또 뒤졌죠. 괴담이니 전설이니 하는 것도 많이 찾아봤습니다.

그러던 중에 한 커뮤니티의 '무서운 이야기' 게시판을 알게 됐습니다. 그다지 큰 커뮤니티도 아니었고 유명한 곳도 아니었기에 게시물의 조회 수도 한 자릿수인 경우가 많았습니다. 그런데 유독 무서운 이야기 게시판만은 활성화되어 있더군요.

호기심이 생긴 저는 게시판에 올라온 글들을 꼼꼼히 읽어 봤습니다. 아쉽게도 대부분의 글은 다른 곳에서도 흔히 볼 수 있는 흔한 괴담 그 이상도 그 이하도 아니었습니다. 조회 수도 그저 그랬죠.

그런데 유독 눈길을 끄는 이야기 몇 개가 있었습니다. 아니, 눈길을 끄는 정도가 아니라 그야말로 참신하면서도 오싹한 이야기였습니다. 아니요, 다시 정정해야겠군요. 오싹한 정도가 아니라 온몸에 소름이 돋을 정도로 무시무시한 이야기였습니다.

공포 콘텐츠에 내성이 있는 제가 이렇게 느낄 정도이니 다른 사람들은 오죽했을까요. 그 이야기들 밑에는 어김없이 너무 무섭다는 댓글이 수십 개씩 달렸습니다. 대부분의 글이 조회 수 5 미만, 댓글은 하나도 없다는 걸 감안했을 때 정말로 놀라운 일이었습니다.

그것보다 더 놀라운 것은 그 이야기들을 모두 한사람이 썼다는 사실이었습니다. 글 작성자의 닉네임은 '전기수'였습니다. 네, 맞습니다. 그 옛날에 이야기 들려주기를 직업으로 삼았던 바로 그 전기수죠.

솔직히 저는 충격을 받았습니다. 이토록 빼어나게 잘 쓰는 사람이 존재한다니 부럽기도 하고 자존심도 상했죠.

네, 맞습니다. 객관적으로 봐도 전기수는 소설가인 저보다 훨씬 재미있는 이야기를 쓰고 있었습니다.

저는 전기수의 정체가 너무 궁금했습니다. 혹시 기성 작가가 본명을 숨기고 글을 올리는 게 아닐까 의심하기도 했죠. 하지만 글을 꼼꼼히 읽어 본 결과 그건 아니라는 결론을 내렸습니다. 분명 이야기 자체는 엄청나게 재미있고 무섭지만 그걸 표현하는 문장이나 묘사 등은 전문가의 솜씨가 아니었습니다. 그럼에도 전기수의 이야기는 사람을 덜덜 떨게 만드는 분위기를 품고 있었습니다. 게다가 어쩜 그리도 참신한 아이디어를 생각해 내는지, 나중에는 존경심이 들 정도였죠.

저는 소설가이자 팬의 입장으로 닉네임 전기수를 꼭 한번 만나보고 싶었습니다. 만나면 물어볼 이야기가 산더미였습니다. 아니, 한 수 가르침을 받고 싶었습니다. 저는 그만큼 전기수의 이야기에 푹 빠져 버렸습니다.

전기수와 연락할 방법을 찾던 끝에 그 커뮤니티에 가입을 하면 회원 개인에게 쪽지를 보낼 수 있다는 걸 알게 됐습니다.

저는 결국 가입을 해서 전기수에게 쪽지를 보냈습니다. 쪽지의 내용은 이랬죠.

안녕하세요? 저는 공포 소설을 주로 쓰는 작가입니다. 전기수 님의 이야기가 너무 재미있어 팬이 됐습니다. 어떤 대가를 치르더라도 전기수 님께 한 수 배우고 싶으니 혹시 한번 만나 뵐 수 있을까요? 010-XXXX-XXXX.

정말이지 그때는 아무리 돈이 나간다 해도 전기수에게 한 수 배우고 싶은 심정이었습니다. 그 빛나는 재능의 절반이라도 살 수 있으면 좋겠다고 생각했죠.

하지만 쪽지를 보내고 여러 날이 지나도 답장이나 전화는 오지 않았습니다. 그사이 전기수의 글도 올라오지 않아 혹시 제가 귀찮게 해서 활동을 안 하는 게 아닐까 내심 걱정을 하고 있었습니다.

아무튼, 전기수와의 일과는 별개로 저는 장편 소설을 써야 했습니다. 하지만 쉽지가 않았죠. 출판사에서는 계속 독촉을 해 오는데 첫 문장은커녕 소재조차도 떠오르지 않았습니다. 어떤 이야기를 써도 전기수에게는 한참 못 미친다는 생각만 들 뿐이었습니다. 모차르트를 알게 된 살리에리의 심정이라 한다면 조금 설명이 될까요? 제가 살리에리가 아닐지는 몰라도 전기수는 모차르트와 같은 천재성을 가지고 있었습니다. 몇 살인지, 성별은 무엇인지, 심지어 실존하는 인물인지도 모르는 상태에서 저는 전기수를 흠모하고 증오하고 존경하고 시기하고 있었던 겁니다.

그러던 어느 날 밤이었습니다. 저는 출판사 미팅을 가장한 술자리를 마치고 늦게 귀가하고 있었습니다. 아파트 단지를 가로질러 놀이터 옆을 지나는데 누군가가 제 이름을 불렀습니다. 저는 놀라서 고개를 돌렸죠. 가로등이 꺼져 어두컴컴한 놀이터 그네에 누군가가 앉아 있었습니다.

한밤중에, 그것도 갑자기 이름을 불린 터라 저는 잔뜩 경계했습니다. 여담입니다만, 저는 귀신은 전혀 무섭지 않은데 사람에 대한 공포심은 늘 품고 있습니다. 많은 분이 고개를 끄덕이시네요. 그래요, 맞습니다. 요즘은 사람이 더 무서운 시대죠.

아무튼, 다시 이야기로 돌아와서…… 저는 그네에 앉은 사람에게 누구냐고 물었습니다. 그 사람, 그러니까 남자였는데요, 그 남자는 거친 목소리로 이렇게 대답했습니다.

"그쪽이 날 찾았잖아."

처음에는 무슨 말인지 이해하지 못했습니다. 그러자 남자가 한마디를 더하더군요.

"쪽지, 당신이 보냈잖아."

그제야 알아챘습니다.

"혹시…… 전기수?"

그 남자가 그네에서 일어나 제게로 다가오는 짧은 시간 동안 머릿속에는 수십 가지 생각이 떠올랐다가 사라졌습니다. 진짜 전기수인가, 내 이름은 어떻게 아는 거지, 내가 사는 곳은 또 어떻게 알아낸 거야, 갑자기 왜 찾아왔지…….

생각을 다 정리하기도 전에 그 남자, 그러니까 전기수가 제 앞에 와서 섰습니다. 외모로 누군가를 판단하면 안 된다는 걸 잘 알지만, 솔직히 말씀드리자면 그 남자의 첫인상은 제가 예상했던 전기수와 완전 달랐습니다. 남자는 비쩍 말랐더군요. 키도 아주 작았습니다. 게다가 낯빛마저 어두웠습니다. 머리는 반쯤 벗어졌고 굵은 팔자 주름이 얼굴에 새겨져 있었습니다. 한마디로 글을 쓰는 사람과는 멀어 보이는 외모였습니다. 빼어난 이야기를 써 내는 전기수의 능력으로 봤을 때 아주 예리하고 예민한 인상일 거라 막연히 생각했던 거죠.

"조용한 데로 가서 이야기 좀 할까?"

전기수는 주위를 두리번거리며 말했습니다. 시선도 한곳에 머무르지 못하고 이리저리 바쁘게 움직였습니다. 한마디로 그 남자는 불안해 보였습니다.

저는 적잖이 당황했죠. 자신이 전기수라고 밝히며 갑자기 나타난 남자를 믿어야 할지 말아야 할지 확신이 서지 않았습니다. 제 마음을 읽었는지 남자는 이렇게 말했습니다.

"한 수 배우고 싶다고 했지?"

저는 고개를 끄덕였습니다. 제가 보낸 쪽지 내용을 알 정도면 적어도 전기수를 사칭하는 사람은 아닐 거라는 생각을 했죠.

"알겠습니다. 근처에 단골 커피숍이 있으니까 거기로 가죠."

저는 전기수와 함께 커피숍으로 갔습니다. 전기수는 한마디도 하지 않고 계속 주위를 살피기만 했습니다. 자기 가방을 꼭 끌어안은 채로 말이죠. 그 모습을 보니 덩달아 저까지 신경이 쓰일 정도였습니다. 하품이나 웃음처럼 불안감도 전염이 될 수 있다는 걸 저는 그때 처음 알았습니다.

우리는 커피숍의 제일 구석진 자리에 앉았습니다. 전기수는 주문하기 전에 찬물부터 들이켜더군요. 그는 얼음까지 다 깨 먹고 난 뒤에야 한숨 비슷한 걸 내쉬며 의자에 몸을 파묻었습니다.

"후. 이제 좀 살 것 같군."

전기수는 약간 여유를 찾은 표정으로 저를 바라봤습니다. 그는 눈이 작았는데 상대적으로 검은자위는 커서 눈매가 아주 날카로웠습니다. 뺨이 쏙 들어간 얼굴에는 수염이 지저분하게 나 있더군요. 거기다가 쉰내라고 해야 할까요, 아무튼 썩 좋지 않은 냄새도 났습니다.

"진짜 전기수 님이 맞으신 거죠?"

저는 조심스레 물었습니다.

"왜? 흔한 동네 백수처럼 보이나? 크크."

"아니. 그렇다기보다 제가 상상하던 이미지와 많이 달라서……."

"이걸 보여 주지."

전기수는 제 말을 자르더니 자기 핸드폰을 쓱 내밀었습니다. 저는 엉겁결에 그걸 받아 들고는 화면을 내려다봤죠. 배경 화면이라고 하나요? 핸드폰을 켜면 제일 먼저 나오는 화면. 네. 바로 거기에 듬직하게 생긴 남자 사진이 떠 있었습니다. 이목구비가 뚜렷한 잘생긴 얼굴이더군요. 저는 그 사진을 보다가 전기수에게 물었습니다.

"이걸 왜?"

"그게 나야."

"네?"

저는 사진 속 남자와 전기수를 번갈아 바라봤습니다. 그러고 보니 눈매가 닮은 것도 같았습니다. 하지만 그걸 빼다면 둘은 전혀 다른 사람처럼 보였습니다. 사진 속 남자는 머리카락도 풍성하고 뺨에 적당히 살집도 있었습니다. 무엇보다 구릿빛의 건강해 보이는 얼굴이 가장 큰 차이였습니다.

"반년 전에 찍은 사진이지. 어때? 거짓말 같지? 크크."

저는 아무 말도 할 수가 없었습니다. 거짓말 같지는 않았고, 그래서 더 충격을 받았습니다. 반년 사이에 사람이 이렇게도 변할 수 있다는 게 도무지 믿기지 않았습니다. 제가 어리벙벙한 표정으로 앉아 있자 전기수는 상체를 쑥 내밀고는 속삭이듯 말하더군요. 이렇게요.

"저주를 받아서 그래."

저주라…….

공포 소설가에게 저주라는 단어는 그리 낯설지 않습니다. 저 역시 저주를 소재로 한 단편을 몇 편인가 쓰기도 했죠. 그럼에도 전기수의 입을 통해 그 말을 듣는 순간 저는 오싹 소름이 돋았습니다. 이야기의 소재로만 사용했던 그 단어가 실체를 가지고 눈앞에 나타난 듯했으니까요.

전기수가 겪은 반년 사이의 급격한 변화는 저주가 아니고서는 당최 설명할 길이 없었습니다. 그래서일까요, 저도 모르게 이렇게 물었습니다.

"누가 이렇게 끔찍한 저주를?"

전기수는 낄낄거리며 웃더니 갑자기 정색을 하고는 저를 노려봤습니다. 저는 그 모습을 보면서 전기수가 조울증을 앓고 있는 게 아닐까 짐작했습니다. 그만큼 감정 변화의 폭이 컸습니다.

"당신 귀서라고 들어 봤나?"

한동안 저를 노려보던 전기수는 대뜸 그렇게 물었습니다.

아까 전에도 말씀드렸다시피 저는 생전 처음 듣는 단어였습니다. 제가 고개를 갸우뚱하자 전기수는 다시 미소를 지었습니다.

"그게 무슨 뜻입니까?"

제가 물었죠.

"말 그대로야. 귀신 귀(鬼)에 글 서(書). 귀신 들린 책이지."

귀신 들린 책이라니, 저 같은 사람에게는 그야말로 상상력을 자극하는 이야기였습니다. 그래서 상체를 앞으로 쑥 내밀며 큰 소리로 물었죠.

"진짜로 그런 책이 있습니까?"

전기수는 고개를 끄덕이더니 말하더군요.

"귀서를 소유한 자는 세상의 온갖 어두운 이야기를 다 알게 되지. 하지만 귀서를 가까이하면 할수록 몸과 마음에 저주가 스며드는 거야. 그러고는 결국 나처럼 되는 거지. 크크."

그 말을 듣는 순간 제가 어떤 마음을 품었는지 아시겠습니까?

저주를 받는다는 말은 귀에 들어오지도 않았습니다.

세상의 온갖 어두운 이야기를 다 알게 된다니, 공포 소설가인 제게는 이보다 매력적인 말은 없었습니다. 더군다나 그때의 저는 제대로 된 작품을 쓰지 못해 감당할 수 없는 스트레스를 받고 있었습니다. 그러니 자연스레 귀서라는 그 책에 관심을 품게 되었죠.

"그럼 혹시 지금까지 쓰신 이야기도……."

"맞아. 내가 전기수라는 닉네임으로 썼던 이야기 모두 귀서에 있는 거지. 난 그걸 약간만 각색했을 뿐이고. 크크."

"그, 그래도 어느 정도 글솜씨가 있어야……."

"크크크. 글솜씨? 그딴 건 필요 없어. 날 봐. 중학교 나와서 평생 막노동만 하고 살던 놈이야. 그런데 지금은 소설가 양반께서 가르침을 받고 싶다고 하잖아. 크크. 나는 그냥 귀서를 베끼다시피 하는 거야. 그 책에는 셀 수도 없이 많은 이야기가 들어 있으니까."

솔직히 말하자면, 그 말을 듣는 순간 큰 실망감과 함께 질투심이 일었습니다. 잠을 줄여 가면서까지 재미있는 소설을 쓰려고 노력하는 사람이 있는가 하면 참 쉬운 방법으로 이야기를 베끼는 사람도 있다니…… 정말 불공평하지 않습니까? 전기수의 다음 말은 안 그래도 부글거리던 제 마음에 아예 불을 질렀습니다.

"난 귀서에서 읽은 이야기를 내가 쓴 것처럼 해서 판권도 팔았지. 목돈이 들어오니까 그렇게 좋을 수가 없더라고. 손 안 대고 코 푼 느낌이라고나 할까? 크크크."

그 말에 저는 심한 모욕감을 느꼈습니다. 저처럼 아등바등 살아가는 소설가의 삶이 통째로 무시당하는 느낌이었습니다. 그래서일까요, 저도 모르게 목소리가 조금 커졌습니다.

“증거라도 있습니까? 그러니까 귀서라는 책이 실제로 존재한다는 증거 말입니다.”

제가 그렇게 묻자 전기수는 가방에서 뭔가를 꺼내더군요. 이 순간만을 기다렸다는 듯 미소를 지으면서 말이죠.

전기수는 가방에서 꺼낸 것을 테이블 위에 놓았습니다.

표지를 신문지로 싼 책이었습니다. 사전처럼 두꺼운 양장본.

저는 그걸 본 순간 바로 알아챘습니다. 그 책이 바로 귀서라는 걸. 특별한 구석이라고는 전혀 찾아볼 수 없었지만 책이 내뿜는 강렬한 기운만은 똑똑히 느낄 수 있었습니다. 뭐라고 할까요, 귀서는 두려움과 황홀감을 동시에 지닌 치명적인 동물 같았습니다. 아름다워 보여 다가갔다가는 독니에 물리게 되는 거죠.

그럼에도 저는 귀서에서 눈을 뗄 수가 없었습니다.

“어때? 이제 내 말을 믿겠나?”

부정할 수 없었습니다. 저는 고개를 끄덕였죠. 전기수는 그런 저를 보고는 만족한 듯 다시 웃었습니다.

갖고 싶다.

갖고 싶다.

갖고 싶다.

전기수가 웃거나 말거나, 제 머릿속에는 그 생각뿐이었습니다. 무언가를 소유하고 싶다는 욕망이 그 정도로 강렬했던 적은 한 번도 없었습니다. 심지어 입안에 자꾸 침이 고였습니다. 귀서를 가질 수만 있다면 무엇이든 하겠다 싶었죠. 저는 귀서를 향해 슬그머니 손을 뻗었습니다. 저도 모르게 한 동작이었습니다. 제 손이 귀서에 닿으려는 그때 전기수가 그 책을 자기 앞으로 슬쩍 당기더군요. 그제야 정신이 들었습니다.

"아! 죄송합니다."

저는 바로 사과했습니다.

"어때? 탐나나?"

전기수가 그렇게 말했지만 저는 대답할 말을 찾지 못했습니다. 대신에 내내 궁금했던 걸 물었죠.

"제 이름과 사는 곳은 어떻게 안 겁니까? 그리고 저를 찾아온 이유는 뭡니까?"

"첫 질문에 대한 답은 간단해. 사람을 좀 썼지. 전화번호만 있어도 쉽게 찾는 세상이더군. 크크크."

"왜 그렇게까지……."

"궁금했거든. 어떤 대가를 치르더라도 한 수 배우고 싶다는 사람이 누구인지. 그리고 이왕이면 그런 사람에게 이 귀서를 물려주고 싶었지."

그 말에 정신이 번쩍 들었습니다. 귀서를 가질 수 있다니…… 생각만 해도 몸이 떨릴 정도였습니다. 그만큼 흥분한 거죠.

"그건 정말입니다! 영감을 떠올려 새 작품을 쓸 수만 있다면 무엇이든 할 각오가 돼 있습니다."

저는 정말로 절박했습니다. 귀서를 손에 넣을 수만 있다면 어떤 짓이든 할 것 같았습니다. 돈이 든다고 해도, 그보다 더 큰 대가를 치러야 한다고 해도.

"안 되겠군. 당신은 적합하지 않아."

전기수는 그렇게 말하더니 갑자기 책을 가방에 넣기 시작했습니다. 저는 당황해서 전기수의 손을 잡았습니다.

"갑자기 왜 그러시는 겁니까?"

전기수는 저를 가만히 바라보다가 한마디를 했습니다.

"당신은 욕심이 너무 많아. 귀서가 원하는 주인이 바로 그런 인간이지. 욕망을 이루기 위해서라면 물불을 가리지 않는 자. 그래서 위험해."

"네?"

하마터면 그게 무슨 개소리냐고 소리칠 뻔했습니다. 전기수의 말은 앞뒤가 맞지 않았습니다. 자신은 실컷 귀서를 이용하면서 남에게는 욕심이 많아 안 된다니, 그거야말로 말이 안 되는 이야기였습니다. 어쩌면 전기수는 애초에 귀서를 넘길 생각이 없었고 단지 무명의 작가 나부랭이를 놀리고 싶은 마음에 찾아온 것일지도 모른다는 생각까지 했습니다. 그러자 화가 치밀었습니다.

"난 귀서를 이용해 돈을 벌고 저주를 받았을지언정 귀신에게 끌려다니지는 않았어. 뭐, 그 탓에 이렇게 심한 꼴을 당하긴 했지만. 크크크."

전기수는 그렇게 말한 후 자리에서 일어났습니다.

"잠깐. 조금만 더 이야기를……."

제가 말릴 새도 없었습니다. 전기수는 뒤도 돌아보지 않고 커피숍 밖으로 나갔습니다.

그때의 제 마음이 어땠는지 아시겠습니까?

지금에 와서 숨길 필요는 없겠죠. 네. 맞습니다. 저는 전기수를 죽여서라도 귀서를 손에 넣고 싶었습니다. 귀서는 저런 인간 손에 있으면 안 되는 거라고 저 자신에게 계속 이야기했죠. 보는 눈이 없었더라면 저는 진짜 그렇게 했을지도 모릅니다. 귀서의 마력은 그만큼 대단했죠.

저는 간신히 분노를 참으며 커피숍 문을 바라봤습니다. 전기수가 혹시 마음이 변해 다시 들어올지도 모른다는 생각을 하면서 말이죠.

그때였습니다. 거리에서 쿵, 하는 둔탁한 소리가 들린다 싶더니 곧 브레이크 밟는 소리와 사람들의 비명까지 울려 퍼졌습니다.

저는 반사적으로 달려 나갔습니다. 교통사고가 났더군요. SUV 한 대가 인도에 반쯤 걸쳐 있었습니다. 그리고…….

네, 맞습니다. 아마 짐작하시리라 생각하는데, 교통사고를 당한 이는 바로 전기수였습니다. 전기수는 목이 이상한 각도로 꺾인 채 쓰러져 있었습니다. 저는 전기수에게 다가가 상태를 살폈습니다. 의사가 아닌 제가 봐도 전기수는 가망이 없었습니다. 그 순간 문득 귀서가 떠올랐습니다. 저는 사람들이 정신없이 비명을 지르는 틈을 타 전기수의 가방을 슬쩍했습니다. 그러다가 전기수와 눈이 마주치고 말았습니다. 저는 그 눈길을 피할 수 없었습니다. 점점 꺼져 가는 전기수의 눈빛 속에서 어떤 감정을 읽었기 때문입니다.

그건, 홀가분함이었습니다.

저는 서둘러 집으로 향했습니다. 전기수에게 훔친 가방을 품에 안은 채로 말이죠. 심장이 터질 것만 같았습니다. 너무 긴장한 탓인지 몸에 기운이 하나도 없었습니다. 그래도 쉬지 않고 집까지 달렸던 것은 귀서 때문이었습니다. 빨리 집으로 가 귀서를 펼쳐 보고 싶었습니다.

하지만 막상 집에 도착해서는 아주 오래 샤워를 하고 평소 잘 보지도 않던 TV를 켜서 시시껄렁한 농담이 오가는 예능 프로그램을 봤습니다. 맥주 한 캔을 홀짝거리면서.

그러는 중에도, 그러니까 최대한 딴짓을 하는 중에도 제 온 신경은 책상 위에 올려놓은 그 책에 쏠려 있었습니다. 네, 맞습니다. 저는 귀서를 당장에라도 읽고 싶다는 것과 어떤 핑계를 대서든 읽고 싶지 않다는 것, 두 가지 감정과 싸우고 있었습니다. 조금씩 이성을 되찾으며 제가 얼마나 위험한 짓을 했는지 자각했기 때문이죠.

저는 책상 쪽으로 시선이 가는 걸 최대한 참으면서 핸드폰으로 검색을 좀 했습니다. 하지만 '귀서'라는 키워드로는 아무것도 나오지 않더군요. 나중에는 오기가 생겨 여러 다른 키워드를 넣어 가며 검색하는 데만 집중했습니다. 그러다 보니 시간이 훌쩍 흐르더군요. 저는 잠시 숨을 고르며 무심결에 책상 쪽으로 고개를 돌렸습니다.

책이 펼쳐져 있었습니다.

저도 모르게 움찔했습니다. 순간적으로 내 눈이 잘못된 게 아닐까 의심을 할 정도였죠. 하지만 몇 번이나 눈을 감았다 떠도 귀서는 펼쳐진 채 그대로 저를 기다리고 있었습니다. 바람 같은 건 불지도 않았습니다. 아니, 설령 바람이 불었다 해도 묵직한 양장본 표지를 넘길 수는 없었을 겁니다. 누군가가 일부러 펼치지 않은 이상.

누군가…….

당연한 말이지만 집에는 저 말고는 다른 사람이 없었습니다. 저는 책을 펼치지 않았으니 그렇다면 한 가지 가설만 남게 되는 거였죠.

책이 스스로 펼쳐졌다.

저는 마음을 다잡고 책상으로 다가갔습니다. 더는 미룰 수 없었습니다. 귀신 들린 책과 마주해야 했습니다. 저는 비교적 겁이 없는 편인데도 그 순간만큼은 무척 떨렸습니다. 사고를 당해 죽어 가던 전기수의 얼굴이 지워지지 않았습니다. 그 사고도 귀서의 저주라고 한다면 저는 매우 위험한 일에 뛰어든 셈이 되는 거였죠.

책은, 귀서라는 이름과는 어울리지 않게 매우 평범했습니다. 사람의 피부로 겉장을 만든 것도 아니었고, 군데군데 피로 쓴 글씨가 있는 것도 아니었습니다. 알 수 없는 기호나 문양도 없었습니다. 신문지를 벗겨 보니 새까만 표지가 드러났습니다. 거기엔 아무런 제목도 적혀 있지 않더군요. 다만 표지 모서리가 닳고 책장이 누런 것에서 세월의 흔적은 느낄 수 있었습니다.

표지 안쪽은 물론이고 맨 뒤에도 책에 대한 정보 같은 건 없었습니다. 저자가 누구인지, 어디서, 언제 펴냈는지 하는 게 없었던 거죠.

저는 선 자리에서 페이지를 빨리 넘기며 내용을 훑었습니다.

귀서는 일종의 괴담집처럼 짧은 이야기 여러 개가 들어 있는 듯했습니다. 편집은 조악하기 그지없었지만 내용을 읽는 데는 아무 문제가 없었습니다. 전기수가 짧은 이야기들을 골라 그대로 베껴 썼다고 하는 말이 무슨 뜻인지 알 것 같았습니다. 그렇다면 저는 그걸 장편으로 만들면 되는 거였습니다. 전기수가 죽은 지금, 귀서의 존재를 아는 이는 저밖에 없으니 마음껏 활용해도 될 것 같았습니다. 그렇습니다. 저는 전기수가 불과 몇 시간 전에 끔찍한 사고로 죽었는데도 아무런 충격을 받지 않았던 겁니다. 정신은 온통 귀서에 쏠려 있었습니다.

저는 귀서를 들고 소파에 앉았습니다. 본격적으로 읽어 볼 생각이었던 거죠. 저는 집중해서 첫 번째 이야기를 읽기 시작했습니다. 역시, 참신하면서도 오싹하기 그지없는 이야기였습니다. 저는 시간 가는 줄 모르고 책을 읽었습니다.

그때였습니다.

갑자기 불이 꺼졌습니다. 정전이 됐나 싶어 주위를 살피는데 냉장고는 여전히 잘 돌아가고 있었습니다. 다음 순간, 오싹한 느낌이 등 뒤에서부터 훅 날아들었습니다. 저는 놀라서 뒤를 돌아보려 했습니다.

하지만 그럴 수 없었습니다. 그 소리가 들렸기 때문입니다.

찌이익.

누군가가 소파 등받이 위에서 움직이고 있었습니다. 한 발을 뗄 때마다 소파 가죽이 그 소리를 냈습니다.

찌이익.

심장이 튀어나올 것 같았습니다. 주체할 수 없는 공포가 제 영혼을 흔들어 댔습니다. 등 뒤의 그 존재는 차가운 숨결을 내뿜었습니다. 치렁치렁한 머리카락이 제 목덜미를 스치고 지나갔습니다. 저는 책을 쥔 손에 힘을 꽉 주고 눈을 질끈 감았습니다. 여차하면 도망갈 생각이었습니다. 바로 그때 귀에다 대고 속삭이는 듯한 목소리가 들렸습니다.

"무슨 일이든 할 수 있나?"

저는 대답하지 못했습니다.

"무슨 일이든 한다면, 내가 널 도와주지."

저는 간신히 고개를 끄덕였습니다. 그러자 저를 옥죄고 있던 압박감이 조금씩 옅어졌습니다. 이윽고 불도 다시 들어왔습니다. 저는 그제야 참았던 숨을 토해 냈습니다. 온몸이 땀으로 흠뻑 젖어 있었죠. 용기를 내 뒤를 돌아봤지만 소파 등받이에는 아무도 없었습니다.

"하아."

저는 안도의 한숨을 쉬면서 무심코 귀서를 내려다봤습니다. 이번에도 저절로 페이지가 펼쳐져 있었습니다. 그 페이지에는 제목이 적혀 있더군요. 이런 제목이었습니다.

《원혼의 숲》

역시, 아는 분들이 많이 계시는군요.

맞습니다. 《원혼의 숲》은 제가 쓴 첫 장편 소설의 제목입니다. 저는 귀서에서 제목을 베꼈습니다. 그뿐만 아니라 설정이나 중심 내용도 그대로 가지고 왔습니다. 저주받은 숲에서 주인공 일행이 탈출을 시도한다는 내용, 아마 제 작품을 읽어 본 분들이라면 기억하실 겁니다. 그 모든 건 사실 귀서에 들어 있던 거였습니다. 전 캐릭터를 추가하고 설정 몇 개를 더해서 장편으로 쓴 것뿐입니다.

그게 시작이었습니다.

아시다시피 《원혼의 숲》은 출간이 되자마자 베스트셀러가 됐고 아주 높은 가격에 판권을 팔기도 했습니다. 제 작가 인생은 확 바뀌었습니다. 어떤 독자는 《원혼의 숲》에 대해 이렇게 평가를 했더군요.

– 작가가 귀신에 홀린 듯이 써 내려간 것 같다.

저는 그 평을 보고 한참을 웃었습니다. 맞는 말이었으니까요. 귀신이 깃든 책에서 베꼈으니 저 역시 귀신에 홀린 것과 마찬가지였던 거죠. 저는 첫 장편의 성공에 도취되어 어떤 잘못을 했는지도 몰랐고, 그게 어떤 결과를 낳을 것인지도 생각해 보지 않았습니다.

누나가 이상한 사고로 죽기 전까지는 말이죠.

누나는 주차를 하려고 기다리고 있다가 갑자기 주차 타워 문으로 돌진을 했답니다. 문이 부서지는 것과 동시에 누나의 차는 아래로 곤두박질쳤습니다. 차는 납작하게 눌렸고 그 안에 타고 있던 누나 역시 온몸의 뼈가 다 부러진 채 즉사했습니다.

참으로 이상한 상황이었습니다. 누나는 운전을 곧잘 하는 사람이었고 평소에도 주차 타워 이용이 잦았습니다. 경찰에서는 가속 페달을 잘못 밟아 그렇게 된 거라 말했고 부모님은 급발진 때문이 아닐까 의심했습니다.

하지만 저는 이유를 알고 있었습니다. 어머니가 울면서 누나의 죽음을 알렸던 그 순간, 저는 놀랐다기보다는 올 것이 왔구나 하는 생각을 했습니다. 무의식 속 저 깊은 곳에서 저주의 씨앗이 싹을 터 자라나고 있었던 겁니다. 저는 겁이 났지만 달콤한 성공의 열매를 먹은 터라 그냥 이대로 포기할 수는 없었습니다.

누나의 죽음에 대해 끝까지 입을 닫고 있던 저는 장례가 끝나자마자 다시 차기작을 쓰기 시작했습니다.

그 작품이 바로 《폐가》였습니다.

그것도 역시 귀서의 도움을 받아 썼습니다. 아니, 도움을 받았다기보다는 제가 일방적으로 베꼈다는 표현이 더 맞겠네요. 표절작이었지만 《폐가》 역시 만족스러운 성공을 거뒀습니다. 이 좁은 출판 시장에서 두 작품 연속 히트를 친다는 건 매우 힘든 일이고, 따라서 저는 업계의 연락을 정말 많이 받았습니다. 당연히 인터뷰 요청도 있었죠. 하지만 저는 다 거절했습니다. 아무래도 켕기는 마음이 있었죠. 그런데 그것보다도 더 신경이 쓰였던 것은 가족들의 안전이었습니다. 왠지 성공하고 알려질수록 귀서가 더 큰 대가를 원할 것 같았습니다. 죽은 전기수가 크게 인기 없는 커뮤니티에만 글을 올린 것 역시 같은 걱정 때문이었을 거라고, 저는 짐작했습니다.

얼마 후, 이번에는 아버지가 갑자기 돌아가셨습니다.

아침에 일어나 운동을 하려고 나가시다가 심근경색이 왔던 겁니다. 아버지는 손쓸 새도 없이 그렇게 가셨습니다.

가족의 연이은 죽음 앞에 저는 상당히 큰 충격을 받았습니다. 이야깃거리를 담보로 사람의 목숨을 앗아가다니 너무 불공평했습니다. 저는 귀서에 대해 더 알아봐야겠다는 생각을 했습니다. 귀서에 붙은 귀신이 어떤 존재인지만 알아도 뭔가 도움이 될 것 같았습니다.

저는 우리나라에서 제일 용하다는 무당을 찾아갔습니다. 누구인지 이름을 말해 드릴 순 없지만 업계 최고라는 소문이 자자한 인물이었습니다.

그 무당은 제가 앞에 앉자마자 대뜸 이렇게 소리치더군요.

"어디서 이토록 독한 영가가 들러붙은 거야?"

"그럼 귀신이 붙었단 말인가요?"

저는 그렇게 물으며 귀서에 대해 설명했습니다. 물론 제가 거기 있는 걸 베껴서 글을 쓴다는 이야기는 하지 않았죠. 제 설명을 다 들은 뒤 무당이 말했습니다.

"귀서라……. 그런 책이 한때 유행했지. 다 없어진 줄 알았더니 아직 남아 있었나."

"제가 어떻게 하면 될까요? 굿이라도 해야 할까요?"

저는 절박한 심정으로 물었습니다.

"그런 것까지 할 필요는 없어. 그 책 가지고 있지? 줘 봐. 내가 이 자리에서 태워 줄 테니까."

"네?"

물론 귀서는 가방에 있었습니다. 저는 어디에 가건 항상 귀서를 들고 다녔습니다.

"왜? 못 주겠나?"

"그게 아니고……."

각오를 단단히 하고 왔는데도 무당이 그런 제안을 하자 멈칫했습니다. 귀서를 태워 버리면 앞으로 소설은 어떻게 쓸 것인가 하는 걱정이 앞섰습니다. 네, 그렇죠. 전 이득은 이득대로 챙기면서 저주에서 벗어나고 싶었던 것입니다. 전기수처럼 저주가 자신에게로 향하게 만드는 것도 싫었습니다.

저는 결국 그대로 나왔습니다. 차마 귀서를 태우지 못하고. 당장 거기 있는 이야기로 세 번째 장편 소설인 《여우 묘지》를 준비 중이었던 터라 엄두를 낼 수 없기도 했습니다. 네, 사실 모든 건 핑계에 지나지 않았습니다. 저는 귀서에 완전히 사로잡혀 제대로 된 판단을 할 수 없었던 겁니다.

《여우 묘지》를 출간한 후 저는 고향으로 내려가 어머니와 한동안 같이 지냈습니다. 다음 차례는 어머니가 분명했기 때문입니다. 저는 어머니 뒤를 졸졸 따라다녔습니다. 영문을 모르는 어머니는 다 큰 아들의 행동에 무척 당황해하셨습니다. 어쨌든 그 덕분인지 책이 나오고 몇 달이 지났지만 어머니는 무사하셨습니다.

저는 다행이라 생각하며 집으로 돌아왔습니다.

어머니는 그날 밤에 돌아가셨습니다. 사인은 뇌출혈이었습니다.

어머니의 장례를 치른 후, 저는 그 무당을 다시 찾아갔습니다. 귀서를 태워 달라고 부탁하기 위해서. 가족이 모두 죽고 나서야 정신을 차린 것입니다.

무당은 저를 알아보고는 한숨부터 쉬었습니다.

"지독한 게 붙어서 떨어지질 않네. 내 말대로 안 하면 백번 와 봐야 소용이 없어!"

"알겠습니다. 이 책 좀 태워 주세요."

저는 가방에서 어렵사리 귀서를 꺼냈습니다. 손이 떨리고 식은땀이 흘렀습니다. 주기 싫다, 태우기 싫다, 그냥 집으로 돌아가자……. 그런 생각이 파도처럼 밀려왔습니다. 저는 최대한 용기를 내 무당에게 귀서를 내밀었습니다.

그걸 받아 든 무당은 표지를 펼치고는 페이지를 훽훽 넘겼습니다. 무당의 표정은 점점 일그러졌습니다.

"왜 그러시죠?"

제가 묻자 무당은 고개를 갸우뚱했습니다.

"여기에 이야기가 많이 적혀 있다며?"

"네. 짧은 이야기가 한 백 편 정도 들어 있습니다."

"하나도 없는데? 아닌가? 몇 편은 있구나!"

"네?"

처음에는 무슨 뜻인지 몰랐습니다. 뭘 말하는 건지 감도 오지 않았습니다. 멍한 표정으로 앉아 있는 저에게 무당은 귀서를 보여 줬습니다. 저는 그걸 내려다봤죠.

없었습니다.

원래라면 페이지마다 가득 들어 있어야 할 내용이 모두 사라진 상태였습니다.

"봐. 없지? 근데 또 중간에는 이런 게 적혀 있네. 누가 손으로 썼나 본데?"

그렇습니다. 귀서의 중간 페이지쯤에는 분명 손 글씨로 이렇게 적혀 있었습니다.

《원혼의 숲》

그 아래 적힌 내용 역시 손 글씨였고, 저는 그 글씨체가 제 것이라는 걸 단번에 알아챘습니다.

간단하게 정리된 내용 마지막에는 이런 문장도 적혀 있었습니다.

이번에는 누나를 제물로 바친다.

"헉!"

저는 그걸 보고 숨이 멎는 듯했습니다. 그야말로 귀신에 홀린 것 같았습니다. 다른 페이지도 넘겨 보니 《폐가》와 《여우 묘지》 역시 손 글씨로 적혀 있었습니다. 그리고 그건…….

네. 바로 제 글씨였습니다.

각각의 내용 뒤에는 아버지와 어머니를 제물로 바친다는 내용이 들어가 있었습니다. 다시 한 번 그걸 확인하자 그야말로 몸에 힘이 빠져나갔습니다. 너무 어지러워 쓰러질 것만 같았습니다. 제가 주체할 수 없는 공포에 떨고 있자 무당이 말했습니다.

"홀려도 단단히 홀렸구먼. 빨리 태워야겠어!"

무당은 미리 구해 놓은 건지 제법 큰 철제 통에다가 귀서를 넣고는 그 위에 휘발유를 뿌렸습니다. 그런 뒤 라이터를 켰습니다. 그러고는 이렇게 외치더군요.

"훠이! 물러가라! 훠이!"

무당이 불을 붙이자마자 펑 하는 소리와 함께 어마어마하게 큰 불길이 치솟았습니다.

"으악!"

불은 가까이 있던 무당과 제게도 옮겨붙었습니다. 저는 고통 속에서 몸부림쳤습니다. 불길은 무당 집을 다 태울 기세로 번져 나갔습니다. 무당은 온몸에 불이 붙어 버둥거리고 있었습니다. 그 모습이 춤이라도 추는 것 같다는 생각을 하며 저는 정신을 잃었습니다.

이것이 10년 전 제가 겪었던 일입니다. 저는 그 불에 얼굴의 반을 잃었습니다. 모자와 마스크를 쓴 것도 그런 이유 때문이고 10년 동안 얼굴 없는 작가로 산 것도 그런 이유 때문입니다. 무당은 숨을 거뒀습니다. 잔해 속에서 귀서는 끝내 발견되지 않았습니다.

제가 그동안의 고집을 꺾고 이 자리에 나온 이유는 누군가에게 이 이야기를 털어놓고 싶었기 때문입니다.

저는 매일 밤 악몽을 꿉니다.

제 책상 위에 귀서가 놓여 있는 꿈입니다. 더 무서운 건 무엇인지 아십니까? 꿈속에서의 저는 귀서를 보고 반가워한다는 겁니다. 어쩌면 그게 더 진심일지도 모르겠습니다. 사람의 마음은 참 알 수가 없군요.

긴 이야기 들어 주셔서 감사합니다. 모두 조심해서 돌아가십시오. 아! 그리고 모처럼 나온 제 신작 《귀서》도 많이 사랑해 주세요. 《귀서》 안에는 귀서에 관한 이야기가 들어 있습니다. 그러고 보니 신기하군요. 《귀서》를 쓸 때 이렇게 북 토크를 하는 장면이 떠올라 그대로 묘사를 했거든요. 그 북 토크 안에서도 주인공이 귀서에 관해 이야기를 합니다. 그렇다면 지금 우린 귀서의 안에 있는 것일까요, 아니면 밖에 있는 것일까요?

여러분은 장담할 수 있습니까?

자신이 귀신에 홀린 작가가 만들어 낸 캐릭터가 아니라는 걸, 확신에 차서 주장할 수 있습니까?

진실은 《귀서》에서 확인해 보시기 바랍니다.

감사합니다.